光阴里的光

程亚军 著

长江出版传媒
长江文艺出版社

林海伟是一个真正的共产党员，我们要学习他以人民为中心的“雷锋”精神，甘于吃苦、甘于吃亏的“老黄牛”精神，几十年如一日的“螺丝钉”精神。

——中共三门县委书记　杨胜杰

海伟的事迹没有经过任何加工，原汁原味无添加，他就是这么淳朴和平凡，把一件普通的事情，从头做到尾。让领导放心，让群众感到贴心。海伟，海伟，人如其名，大海般博深的胸怀，彰显出了基层电力员工的伟大。

——国网台州供电公司总经理、党委副书记　何文其

他是海岛养殖业的“电保姆”，一辆摩托车载着他，也载着群众的嘱托，百姓对美好生活的向往。他是客户心中永不熔断的“保险丝”，不善言辞却永远干在实处。

——国网台州供电公司党委书记、副总经理　张光福

听了林海伟的故事，我被感动到了，没想到我们身边有这么多可亲可敬的同事，他的故事特别值得传播，让更多的人了解他，他无愧于最美员工的称号。

——《国网故事汇》编辑　项丹

文字里的光

——程亚军长篇报告文学《光阴里的光》序

陈富强

和大多数浙江境内的县域一样，三门县的历史，可以追溯到新石器时代。但稍有不同的是，三门的隶属关系，在历史上有过几次重要的变化。春秋战国时期属于越国；公元前306年，楚灭越，属楚国；公元前192年三门县又属东瓯国；此后，三门的归属一直在不同的地区间流动。直至1994年8月，经国务院批准，台州撤地建市，三门县隶属台州市至今。

无论是区位优势，还是经济规模，在沿海经济发达地区的浙江，三门都算不上耀眼。但是，浙江省第一个苏维埃政府诞生在三门。三门县亭旁镇杨家村是被誉为“浙江红旗第一飘”的亭旁起义爆发地。

我与三门的关系始于多年以前在健跳吃的一顿河

豚。那次去三门，我吃到了传说中的河豚鱼。在面对一大碗河豚鱼时，我犹豫了数分钟，最后，终于克服内心的恐惧，拿起了筷子。只是传说中鲜美无比的河豚鱼并不像预想的那么好吃，我只吃了几口，就不吃了。这是我唯一一次吃河豚的经历。

程亚军是土生土长的三门人。在见到她之前，我一直以为这是一个男人。除了她的名字比较中性以外，更主要的原因是她的性格十分开朗。我对亚军的创作有一些了解，她给我一个突出的印象是出手很快，这可能与她从事新闻工作有关。后来，陆续读到她的一些散文和小说，觉得她对文字有一种发自内心的热爱。她的文字，很流畅，她写作的进步也比较快。其实，她创作文学作品的时间不长，之前，主要是写新闻。用她的话说，当她尝试文学创作后，发现这是一个与众不同的领域，她在里面看到的风景，远要比现实生活中看到的更多姿多彩。

我最近一次去三门出差，组织上可能考虑到程亚军和我比较熟悉，就委派她当我的向导，去蛇蟠岛观光。那次，我是从椒江驱车去的三门，亚军和司机联系，让他直接把车开到码头去。到了码头，我才发现，这是一个小得不能再小的码头，而去蛇蟠岛，这里是一条捷径。亚军已经候在码头上，背着相机，依旧是一个新闻从业人员随时准备出发的状态。她告诉我，我们要在这里坐船去岛上。我问她，蛇蟠岛上有什么好玩的？她对我的无知显得有些吃惊。惊讶的眼神仿佛在问我，你居然不知道蛇蟠岛？那里可是著名的海盗村。上船后，我悄悄地在手机上百度了一下，果然，蛇蟠岛不是一座普通的岛屿。就岛上陆地面积而言，它是台州第二大岛。自宋始，岛上因长期采石而留下姿态各异的洞穴有1300多个，因此蛇蟠岛也称千洞岛。20世纪30年代，著名电影《渔光曲》在岛上取景拍摄。待到了岛上，才发现，自己真的是孤陋寡闻了。蛇蟠岛洞穴集中于大蛇山，山中千洞各异，有面积达2000余平方米的高敞大洞，也有仅容一人的深曲无底小洞；且洞中有洞，横竖旁出，怪石嶙峋，森森幽幽，犹如迷宫而别具景致。让人吃惊的是，在那些深邃的洞穴里，竟然还有鱼类。我坚信，有生命的地方，就有历史的遗迹可寻。所以，当亚军告诉我，这里曾经有海盗集聚，是名噪一时的海盗窝时，我也就不再怀疑。

自蛇蟠岛之行后，亚军的创作一如既往。我关注了她的个人微信公众号“三娱”，发现更新很及时，可见她的创作一直没有停歇。有一天，我在《文学港》杂志上看到亚军的散文，才真切地感受到她的创作进步之快，快得有些出乎我的意料。我有一个预感，亚军能够写出一些值得读者期待的作品，而《文学港》只是一个开始，是她的文学梦想起航的港湾。

时隔不到一年，亚军忽然告诉我，她写了一本与林海伟有关的书，想让我写个序。林海伟我是知道的，一位普通的海岛电工，坚守海岛二十五年，是“感动浙电——2017 最美员工年度人物”。这个荣誉，不算高，但在全省的电网系统里面，堪称旗帜了。在获得这个荣誉之前，林海伟已经获得过诸如“浙江好人”之类的不少荣誉。更令我感慨的是，林海伟所在的海岛，就是我之前去过的蛇蟠岛。作为一个风景不错的海岛，上岛观光，甚至小住几天，都能留下很好的回忆，但要像林海伟这样，一守就是二十五年，没有一点勇气和担当，是很难做到的。亚军为林海伟写书立传，符合基本的价值标准。我自然也有责任，通过亚军这本书的序言，为林海伟写点什么。

事实上，亚军萌发写书的念头，与三门县委的一个决定有关。三门县委作出关于开展向林海伟同志学习活动的决定，在亚军看来，这是一个很好的机会。我在看完与林海伟相关的材料后，发现无论是作者程亚军，还是一些职工撰写的文章，出现频次最高的词是“螺丝钉”。他们都把林海伟看作是一颗拧在蛇蟠岛、拧在电网企业这台精密仪器上的螺丝钉。林海伟向全岛公开手机号，全岛 2000 多名村民，但凡住了一年以上的，几乎都认识他。林海伟有句口头禅：“通电如同救火，不能让老百姓摸黑过日子。”从林海伟身上，我联想到蛇蟠岛上因采石而形成的那些奇妙至极的岩洞。这些岩洞被冠以“千洞连环洞”，大洞小洞、横洞竖洞、水洞旱洞、直洞弯洞，且支洞旁出，洞中套洞。洞内有水，水中藏洞，杂以奇岩怪石、山岚烟霞、草木花树、清水游鱼，使其涧洞为景，千姿百态，妙趣无穷。我无法想象当年的采石工们，是如何在这里用双手创造出堪与大自然鬼斧神工媲美的人造景观的。我觉得，林海伟身上，有当年采石工的性格，坚韧而无畏，且充满智慧与情怀。

写出一个立体的林海伟，有一定难度，对一个写作者来说，也是一次挑战。亚军之所以敢于迎难而上，与她平时的积累分不开。她之前对林海伟的无数次采访，为她留下很多第一手资料。另外，他们同为三门人，说相同的语言，又从小看着大海长大，他们的性格与价值观，有很多相似之处。所以，亚军能够在比较短的时间里，拿出一部有分量的书稿，虽不容易，但也在我的意料之中。

有个叫叶澜的三门诗人，对亚军的文字有一段中肯的评价，我读后莞尔，觉得与我的感受如出一辙，他说：程亚军是个一线记者，写新闻，也会写散文，可能是闻通文。后来，她写的短篇小说也偶见于一些文艺刊物，小城镇题材的居多，写的可能就是身边的具有典型性意义的人和事。程亚军虽然是一名30多岁的女性，但假如你没有见过她本人，而仅凭她的文字猜测，你会以为她是一个五十开外的男人。因为她的走心之作里有老辣和充满智慧的一面。亚军十分好学，每当有一篇自己较为满意的文字写成，她便会发在自己的公众号里，然后请来一帮文友一起诵读，哪里不妥、不够成熟的，她心里就有数了，以后写作就会更用心了。

叶澜的评价，证实了亚军勤奋好学是她在创作上进步明显的秘笈。也再次证明了一个老生常谈的真理：写作没有捷径可走。

亚军写新闻，也能写出文学的味道。新闻写作有一定的规律，但也容易干巴，如果新闻与文学相结合，那么就有可能产生意想不到的阅读效果。比如亚军撰写的一条新闻是这样开头的："时光，绕指而行。十一月的江南，稻子沉甸甸地垂着，橘子油亮亮地闪烁，大豆粒澄澄地饱和了……来不及细看风景，只剩下深浅不一的痕印。电网人忙碌的身影，融合在金灿灿的晚秋大地。"我想，读了这个开头的人大多会坚持把这条新闻看完。亚军在这部书的自序里也写了一个很有文学色彩的开头："光阴啊，意为一种景象，又可以说是时间和岁月。光阴的字面意思里似乎没有光的亮度，但有一个人却用二十五年的时间，谱写了孤岛光明曲。让光阴里有了光，让海岛人民的生活里有了亮堂的一笔。"

亚军把这部作品取名《光阴里的光》，我想她要重点表达的不是自然界的光阴，而是后面那个光，这是一种品格、一种指向、一种尺度。这个光，既包含有电网企业员工的特征，更重要的是涵盖着类似林海伟这样普通人的精神。而我，也从亚军的文字里，看到了光。这个世界，即使黑夜漫长，有了光，就有了希望，有了温暖，有了远方。

这是亚军的第一本书，作为一个写作者，她还年轻，创作的路还很长。我想起自己很喜爱的一位女性作家迟子建，她在《我的第一本书》一文里写道："这本小巧可爱的书，像一个浅浅的脚印，留在我创作的路上。这个脚印不会因为我走得遥远而看不见了，因为你无须回头，只要还能闻到露水和野草的气息，就知道，那个脚印还在。"我把这段话送给亚军，并共勉。

写到这里，我又想起在健跳吃河豚的那次经历。我吃好饭，步出小饭馆，不远处就是海滩。我在滩涂上看到一条小鱼，在浅浅的海水里挣扎，便用双手将它捧起，走到水边，放进潮水里。随着潮水的退去，小鱼也不见了。这时，天色渐暗，扑进我视线里的，是落日余晖下苍茫的大海。原来，不同风景的变换，就在转瞬之间。写作也同样，总要有一个人，穿越新石器时代，几千年之后，面对新的风景，坐在书桌前，写下这样三个汉字：遇见光。

2018年4月于杭州

（陈富强，中国作家协会会员，中国电力作家协会副主席，中国作家协会第九次代表大会代表）

自序：《光阴里的光》

光阴啊！意为一种景象，又可以说是时间和岁月。“光阴”的字面意思里似乎没有光的亮度，但有一个人却用二十五年的时间，谱写了孤岛光明曲。让光阴里有了光，让海岛人民的生活里有了亮堂的一笔。

似箭难追，光影啊！光明啊！最先照耀着东海的海域，金黄闪闪的海面，泛起浪花一朵朵，渔人们在码头出发开始一天的劳作，又从这里返回陆地，潮起潮落中度过年复一年。

一个“守”字，是宝贵高昂的头颅，加上一寸一寸磨砺的光阴。守望，守护，守候，守信，守时……守着海岛上的一切，也就守住了初心，不管时空怎么转变，世界怎么改变，沧海桑田，斗转星移，二十五年来，他的一颗热忱的心从未变过。他是光阴里的光，关于他的故事，只存在于老百姓的讲述中。

他，就是国网三门县供电公司派驻蛇蟠岛客户经理林海伟。没有他这个年纪该有的对岛外世界的向往，杜绝了一切海岛以外的世俗交集。把苦行僧的日子，当作一种信念和信仰。在这个思想多元化的今天，有些人追寻光明，却从未想过奉献光明。真正撑起信念与理想的，是那些从来不言不语，却实践于最基层的人。他，用一种舍我其谁的豪迈，一种大无畏的情怀，一种朴素的日积月累，完成了发光发热的过程，奉献自己，照亮他人。这是他的光，他的电，属于他的光明的心。他历尽沧桑，他百炼成钢。

时间会给出答案，光阴的流淌带不走心底的烙印。深爱着的海岛啊，对你是一时兴起，还是准备倾尽所有的年华永驻？假如你是我一生一遇的情，我要用时间来验证，不管过去多少年，此心依旧激情澎湃，源源不断。

光阴，即时间，是一种客观的存在。人的意义即如何在有限的时间里，更多地去为他人服务，为社会谋福，以爱心、耐心、诚心待人，将一件件小事做到极致。

把任何一段光阴放在历史的长河里，都是沧海一粟。同样，把任何一个人放在历史的长河里，也是微乎其微。我们从哪里来，来干什么，从这里开始，又会在哪里止住？唯有心静如水，波澜不惊，将沧海一粟凝聚成沙，将微乎其微积累成硕大无朋。

光阴匆匆移动，人们叫不停疾速行走的太阳，留不住莲步轻移的月亮，譬如反方向的流云与稍纵即逝的朝露。只有信念坚定，情怀未了，它在海岛不同的种子生长的土壤里就会开出艳丽独特气质的花来。

如今，看着小岛日新月异的变化，林海伟喜逐颜开，他喜欢小岛上每一条他亲手拉上的电线，喜欢一望无际的海岸线，喜欢小岛以前的纯朴和现在的兴旺，喜欢这里的人和事，过去、现在、未来。

目　录

他的光　发光的螺丝钉 / 001
三门湾——光的起源 / 043
团队服务篇：让光撒遍每一个角落 / 063
《三亲法》《三严法》安全管理模式在基层一线推广 / 081
心，属海岛 / 092
采访后记：遇见光　遇见林海伟 / 096
附　录 / 119
从螺丝钉的精神到螺丝帽的安全 / 彭子尧 / 119
平凡的榜样 / 季定帮 / 123
螺丝钉精神，代代相传 / 吕王一 / 127
年少时候的叔儿，工作岗位的榜样 / 林婷婷 / 132
争做一颗合格的螺丝钉 / 钱雨松 / 135
螺丝钉的力量 / 朱心昳 / 138

发扬海岛上的螺丝钉精神 / 罗啸远 / 141
螺丝钉，真的不是说说而已 / 林静 / 144
平凡而又伟大的螺丝钉精神 / 郑琦 / 147
小小“螺丝钉”的大精神 / 梅俊明 / 150
筑梦三电，争做企业发展的“螺丝钉” / 金铭 / 154
筑梦三电，无私奉献 / 杨泽亮 / 157

他的光　发光的螺丝钉

前言："山岚烟霞、岩洞风光"

2017年8月的一天，三门县蛇蟠海岛一间用电服务站简陋的办公室里，从没像此刻这样热闹和引人关注。

这一天，中共三门县委正式做出关于开展向林海伟同志学习活动的决定：县委书记称赞林海伟是一名真正的共产党员；县委宣传部、组织部的人来了一波又一波，向当地乡政府和百姓求证林海伟其人其事，百姓们一句句质朴肯定的语言，褒奖无数，令人动容；县委报道组、新闻中心、电视台的记者驻点蹲岛，进一步深入挖掘扎根海岛25年为民服务的点滴。

头戴安全帽、身穿长袖工作服，裸露在外的皮肤黝黑，这是长期露天作业的“标配”。在建党96周年之际，这个驻扎海岛25年的党员电工的事迹，在三门人的微信朋友圈里“火”了一把。对此，林海伟只说了三个字：没想到。而这个回答，何尝不是一名共产党员默默付出、坚守、不问回报的品性写照？

其人其事

蛇蟠岛，台州第一大岛，这里是自宋始留下奇异洞穴的“千洞之岛”；这里是电影《渔光曲》外景拍摄地，曾深深地吸引了我国著名作家田汉的目光。近年来，随着《舌尖上的中国·三门》和《三门小海鲜》在中央电视台的热播，这里的跳跳鱼、青蟹、望潮、对虾、紫菜等海产品吸引了全国各地的大批食客，蛇蟠岛一下子成为远近闻名的美食天堂。

这里也深深吸引了一个人，一个普通得不能再普通的电力工人。自从第一次上岛进了电管站的门，他就和岛上的一草一木结下了不解之缘。潮起潮落，见证了这位电力人25年来一直默默守护这片土地的足迹；春去秋来，见证了这位电力人从青春年少到两鬓微霜的变迁；25年来，他将人生的支点焊铸在高高的电杆上，让生命的激流随那绵延的银线奔腾，延伸。他就像一盏灯，点亮了万家灯火，也照亮了自己平凡而美丽的人生。他就是“浙江好人”、感动浙电人物、台电最美员工、三门县供电公司健跳供电所常驻岛上的普通农电工林海伟！

今年49岁的林海伟，自1992年参加电力工作以来，25年来，他凭着一股对电力事业的执着追求和热爱，一直坚守在岛上，用自己的生命、责任、忠诚和爱心守护着那里的人们，为老百姓带去了光明和温暖。

执着坚守——养殖户的“保险丝”

“海山仙子国，邂逅寄孤蓬”。南宋德佑二年，右丞相文天祥避难路过三门湾乱礁洋时，面对蛇蟠胜景，写下了著名诗句。从此，这两句诗也成了蛇蟠岛对外宣传的经典广告语。

如诗如画的山岚烟霞，千姿百态的“千洞连环洞”和一口口遍布海岛四周的青蟹养殖塘，共同绘成了“岛同人朗，水与情长”的今日胜景。

而这些美丽的景色林海伟无暇顾及，每天太阳从海面上升起的时候，他都要骑着那辆被海水腐蚀得生了锈的摩托车，在岛上的养殖塘转一圈，或挨家挨户地到渔民家中查看线路和电表——而这些琐碎的事，基本就是林海伟每天所要重复的工作，不论寒来暑往、春夏秋冬，也不论白天黑夜、阴晴雨雪。岛上的居民只要一提起他，没有一个人不知道他的名字，没有一个人不竖起大拇指。这里的养殖户都有他的手机号码——被大伙戏称为“保险丝”的林海伟 24 小时开着手机，只要一有电力问题，第一时间都会想到林海伟。林海伟为人和蔼，岛上的老百姓都喜欢他，20 几年来，他一顶安全帽，一身工作服，一个电工包，一辆摩托车，步履匆匆，成为蛇蟠乡每家每户心中的好电工，大家从当初的小林师傅一直喊到现在的老林师傅。

1987 年 8 月，经过三门电力人不懈努力，蛇蟠岛海底电缆敷设工程竣工，蛇蟠岛居民也从此告别了“黑暗”的生活。

1992 年，由于家庭困难，为贴补家用，林海伟很懂事地放弃了高考机会，高中毕业的林海伟通过招收农村电工考试，成了一名村电工。当时的蛇蟠岛生活条件极其恶劣，不要说没有电视机，没有娱乐设施，就连办公地点都是租用当地老百姓的旧屋子，很少有人愿意去岛上工作。林海伟的家住在蛇蟠岛对岸，刚开始，他一早搭渡船到海岛，晚上再搭乘最后一班渡船回家。这样平静的日子仅仅过了一个月。有一天，他在下班等渡船回对岸家里的过程中，听说一件事：山前村一个大娘家里半夜电灯不亮，到电管站找人扑了空，点蜡烛照明了一夜。林海伟心里非常愧疚，觉得自己光把八小时的份内工作做好，还是远远不够的。于是他索性把家安在岛上，买了锅碗瓢盆，家什物件，就开始了海岛居民的生活。从此，这一住就是这么些年，群众到电管站再也不会扑空。无论是除夕夜、中秋节、元宵日，电管站的灯总是为百姓亮着。

林海伟是一位不善言辞、执着憨厚且老实巴交的人。他没有慷慨激昂的豪言壮语，也没有惊天动地的英雄事迹，更没有令人羡慕的光环，却舍小家顾大家，在平凡的工作岗位上默默无闻地坚守着做一件事情——倾注光明事业的责任，热心岛上经济发展，情系群众百姓。

三门素有“三门湾、金银滩”之美誉，是中国青蟹之乡，青蟹养殖面积10多万亩，年产量达1.3万吨，占全国五分之二，浙江省的二分之一，产值5.2亿元。在水产养殖发展初期，养殖户碰到的首要问题就是电。养殖户大多以塘为家，他们在塘边盖起小房子。没有电，给他们的日常生活带来很大的不便，严重影响了养殖业的发展。塘内需要增氧，水泵需要抽水，没有电，就束手无策，虾、蟹、蛏等性命难保，不要说发家致富，搞不好还血本无归，解决养殖塘的用电问题已成为头等大事。

看着一口口维系群众发家致富事业的养殖塘，林海伟知道自己肩上的责任和重担，也更加坚定了为岛上养殖户服务的信心。当说起有没有遗憾时，憨厚老实的林海伟淡淡一笑："在蛇蟠岛工作我不遗憾，要说遗憾，就是我高中毕业后没有上过大学。"

也正是因为他知道自己没有经过大学的系统学习，所以，他对电力业务特别勤奋肯学。记得刚开始，业务不熟，技术不懂，电力工作对他来说是两眼一抹黑。怎么办？他横下一条心，学！他找来电力业务、技术方面的书籍，边学边记笔记，并跟师傅们下乡入户，跟班学艺。几个月下来，业务知识、电力作业技术基本上掌握了，人也消瘦了 10 来斤。功夫不负有心人，刻苦不懈的学习和实践，使他由一个地道的"门外汉"变成了能抄表收费，蹬杆架线，会安装变压器、低压配电箱，懂农电技术的合格农电工了。

几乎和林海伟同时进驻蛇蟠岛的第一批养殖户余永昌深有感触，经过二十几年的发展，如今的余永昌不再是自产自销的养殖户，经过资金的积累，他的养殖业越做越大，成立了浙江东海水产公司，年海鲜销售就有上千万市值。由于虾塘里面的增氧设施必须保持 24 小时运转，所以，安全可靠用电对他来说是至关重要的问题。“海伟不计个人得失，只讲责任，并且技术过硬。20 年交道打下来，拒绝我的事情是一次也没有发生过。有时候夜里 2 点钟没电，总能远远听到他摩托车突突的声音和看见他车灯的亮光。他真是我们的救星。”余永昌说。林海伟便成了这些养殖塘永不熔断的“保险丝”。

刚上岛的时候，还没有摩托车，由于养殖户和居民住得都比较分散，加上道路崎岖，如果出现电力故障，林海伟就骑着自行车，不能骑的山路还要徒步，到故障点，往往要花费一个小时。“在我们眼中，林师傅人好、实在，不管是谁用电有事，只要我们一个电话，不论刮风下雨，不论白天黑夜，他一准到。”每当谈起林海伟，蛇蟠乡的干部群众说得最多的就是这句话。

由于蛇蟠岛单户养殖、“各自为政”的比较多，塘内不符合技术规范的电力线路和私拉乱接现象十分普遍，对人身安全带来极大威胁。“要安装变压器太麻烦了，我这里就是小用量，不碍事，林师傅行个方便。”

有时候养殖户想不通，求林海伟通融。林海伟便苦口婆心一次次上门做工作，由于养殖塘路不好走，好几次出现危险。有一次，林海伟去养殖塘检查电力线路、配电房及临时用电的线路回来时，刚下过雨的养殖塘坝泥泞得很，还没吃午饭的他头晕沉沉的，一不小心，从坝上摔了下来，掉进养殖塘的闸门口里。锋利的贝壳划破了双脚，一股鲜血浸红了海水，20 几岁的小伙子眼里满是委屈的泪水。咸咸的海水刺激了伤口，他也顾不上包扎，背着电工包一瘸一瘸上路了。就这样，几年来，他跑遍了全乡 600 多口近 19000 亩养殖塘，排除养殖设备不安全隐患不计其数，及时为渔民解决用电故障等问题。

守护光明——老百姓的“太阳神”

电力是光明事业，那些电力人则被称为光明使者，而在蛇蟠岛，林海伟就是当地百姓的“太阳神”——用他的智慧和勇敢，用他的真情和付出，为大家带来了不休的光明。

蛇蟠岛位于浙南的三门湾口，台风每年都会光顾这个海湾。一到台风天，渔船进港，人员转移躲避，往风平浪静的陆地靠近。但是林海伟不行，他必须要守在一线，有时候就是拿命在拼。

2014 年 7 月 3 日一早，大雨滂沱，狂风呼啸，正是台风登陆前的征兆。养殖户老包接到妻子打来的电话，说养殖塘线路没电了，由于缺氧，对虾一只只往上串，在不远处准备饲料的他，立即开着三轮摩托车来到电管站。那一路上，雨下得噼里啪啦，打在脸上生疼，但老包的心里更疼。一家人的生命线在这里了，塘租加上养殖成本，眼看着丰收在望，谁知道台风来搅局，如果对虾全部长时间缺氧而大面积死亡，损失将会超过 20 万元。到了楼下，他推开了虚掩着的门，“海伟，在吗?”房间里没人回答，老包这时候快哭出声音来了，他瘫坐在地上久久起不来，他想，坏了，难道海伟今天也转移到减灾中心避台风去了?

没想到，远处的电杆上却传来“哎——”的应答声。这不，电线杆上爬着的正是林海伟，他正在给村民义务修路灯。原来，连日的暴雨，灯罩进水不亮了。附近小店的村民给海伟说了这个情况后，他第一时间就上杆修理了。乡政府的人叫他一起去减灾中心避避风雨，他说，在岛上住，路灯就是人的眼睛，要不然到了傍晚，渔民们就要摸黑上岸了，再加上这样的台风天，更要确保电灯亮着，自己晚点再去没事。

路灯很快就修好了。听了老包的描述，林海伟从电杆上麻利地爬下来，顾不上吃饭喝水，马上就乘坐着老包的三轮车去养殖塘里修线路去了。到了养殖塘，海伟沿着长长的海塘线深一脚、浅一脚转了个遍，原来是路边的一棵樟树被风刮倒，压在了电线上，引起跳闸。海伟一方面向调控中心汇报，一方面赶紧拿出工具进行维修，在将故障点隔离后，将树枝挪开，二十分钟后让老包家养殖塘的增氧泵转了起来。

老包两夫妻悬着的心放下了，刻满皱纹的脸上终于舒展开了。感激之余，海岛人总是用特有的方式表达谢意，两夫妻拿了一脸盆从塘里捞上来的大对虾，非要让海伟带走。这时的海伟面露难色，他连连摆手和后退，一直退到了门框边，并一再大声强调："你们难道还不知道我啊？我不喜欢吃海鲜，我从来不吃海鲜的。"其实，生长在大海边的人呢，谁都喜欢吃味道鲜甜、喷香四溢的海鲜，只是这海鲜都是老百姓一年的收成呐，你白吃一点，他白拿一点，那剩下的也就只有一点了。这么多年来，林海伟始终秉承一个原则：不拿群众一针一线，请吃不到，送礼不接，也不吃群众一餐饭，不吸群众一根烟。

海岛上的事情多又杂，往往一件事情还没有忙完，另外的事情接踵而至。林海伟早就习惯了这样的工作节奏，他总能在最紧急的时间里，妥善安排好一切顺序。

宁可自己顶风冒雨多跑几趟，从来不误事，不让老百姓担心。

蛇蟠岛没有10千伏主线路，但是10千伏分支线路却有40多条，由于是近海孤岛，蛇蟠的电力线路经常受台风等自然灾害破坏，倒杆断线事故时有发生。每次抢修，林海伟都是积极帮助联系地方领导、民工和船只等，在台风来临前做好准备工作；当台风来临时，主动参与抢修施工。

2015年的第9号强台风“灿鸿”给三门境内带来了强降雨，蛇蟠岛更是成为水的海洋，路面积水，海塘满水。林海伟当时正在路边砍树，清除树障，下午5时，他的手机响起，健跳供电所监控中心指挥员在电话里说，蛇蟠岛2#变压器的低压线路被大风刮断。“这条线路关系着山前村50多户的村民用电，台风天可不能罢工，必须及时供电……”而此时的风力已达10级以上。10分钟后，林海伟带领抢修小分队抵达故障点。“开工！”林海伟熟练地穿上脚扣，开始登电线杆。暴雨像瀑布似的倾泻下来，登上电线杆显得十分艰难，眼睛都睁不开。再加上天色渐暗，视线越发模糊，借助车辆的强光灯，林海伟终于在风雨中接通线路，整个村庄恢复了供电。村民们这才发现，从台风前的巡线、台风中的坚守、台风后的抢险，林海伟已经连续好几天没有合眼。由于驻点没有食堂，林海伟平时都是在乡政府食堂解决吃饭问题，每次抢修到半夜，错过了晚饭时间，他就吃两块面包、喝一口矿泉水，继续守在电话机旁值班。

乡政府、卫生院、旅游公司、育苗厂……蛇蟠岛上共有9个自然村，常住人口900户，大大小小69个变压器。一件件一桩桩，只要有了用电小故障，那都是时刻急在林海伟心头的大事儿。

“服好务是我的职责，让大伙满意是我应该做的！”林海伟一直这样告诫着自己，20多年来，在他的印象中，与老百姓打交道，从来都没有发生过矛盾，如果有百姓反映供电服务不周到的地方，他的内心就会受到深深的自责。他用满腔的热情、无微不至的细心、真诚的付出，赢得百姓一片真情。

从事电力行业的人都知道，收缴电费并不是一件容易的事儿，但林海伟干得越来越得心应手。他负责的蛇蟠乡所有村庄在健跳供电所总是第一个完成电费收缴任务。同事都觉得诧异，为什么别人觉得棘手琐碎的事情，到了他的手里都变得顺顺当当、简简单单了呢?

而林海伟靠的就是耐心、真情、真心、磨破铁鞋不言悔的精神。起初，但凡遇上用户家中没人，他总是不厌其烦地一次次登门，耐心细致地做好收费工作。后来，他又摸出提高收费效率的诀窍，那就是避开大家的工作时段，牺牲自己的休息时间上门服务。每次收完电费，他总是会顺便帮人检查一下线路，尤其是有老化迹象的线路，他一定会晓以利害，反复提醒乡亲及早更换。他总是温言暖语地答复乡亲们在用电过程中遇到的林林总总的问题，对青壮年常年外出打工的家庭，对公共用电设施，他总是经常垫付电费，等到年底再上门收缴……这些看似平常的细节，却足以捂热人心。以至到后来，乡亲们看到他，即便不是缴费日期，也主动提出先把电费交了，说是不好意思让他多跑路。这点点滴滴的情分，汇聚成一股股暖流，在乡亲们的心间汩汩流动。

两地分居——妻子眼中的“兵丈夫”

“说句心里话，我也有爱，常思念梦中的她……”军旅歌唱家阎维文的一首《说句心里话》道出了军人的责任和牺牲，而这首军歌用在林海伟的身上却更有一番滋味在心头。

林海伟的家住在蛇蟠岛对岸的健跳镇南新村，两地隔海相望，岛对岸虽然跨海距离只有半个小时的船程，但由于岛上百姓离不开他，他干脆把家安到了岛上，过起了“天各一方”的“兵”生活，家里全靠妻子林惠琴一个人照顾。

一人，一座海岛，一守就是25年。作为林海伟的另一半，岛上的潮起潮落见证了他们共同走过的漫长海岸线；日升日落，妻子和孩子就是他最强大的后盾——这就是林海伟和林惠琴的爱情故事，一个顾大家的男人和一个顾小家的女人的和谐搭配。

妻子

一个默默专注于工作的男人，他背后一定有一个默默支持、体谅的女人。林海伟的老婆林惠琴就是这样一个贤惠朴实的女人。结婚26年来，丈夫的每一个决定，她都全力以赴尽自己的所能帮衬，这才有了这个小家的一切。

为了多赚点钱，2000年左右，当时的三门海水养殖业搞得热火朝天，许多头脑活络的人靠养殖都发了财。生活并不富裕的林海伟，想想一家6口仅靠自己的工资开销，咬咬牙和妻子商量，让妻子林惠琴承包养殖塘，搞点副业增加收入。一次休息日，他正在帮妻子的养殖塘忙活，喂料，放网，却连续接到三个养殖塘故障报修电话。他放下手中的活，马上开摩托车到村里处理用电故障。等他忙完公家的事情回来，站在自家的养殖塘前，看到打翻了的饵料，他的心久久不能平静，第二天他就把4口养殖塘转包给了别人。他说："如果我自己赚钱了，那么为老百姓服务就到不了位。"这句话虽然说来轻松，但真正能做到的又有几个人?

现在，妻子又重新拿起了裁缝手艺，平时给别人做衣服来贴补家用。记得女儿林滢刚上小学一年级的时候，天空下起了瓢泼大雨，看着别的小朋友都是爸爸来接，她就问妈妈，为什么我老看不见爸爸呢?爸爸是不是在很远很远的岛上呀?林惠琴轻声地告诉小林滢："记住，天空下起了雨，爸爸就不会回来了。"其实不管下雨还是晴天，林海伟一个月也回不了几次家。

每当天下起了雨，女儿总会问："妈妈，今天下雨，爸爸不会来了，对吗?"林惠琴一听就心酸无比。原来，由于蛇蟠岛的特殊地理位置，一到打雷下雨的天气，就是林海伟最忙碌的时候，因为用户养殖塘里不能断电。再加上大风大浪码头的船停开，就算想回来，也上不了岸。

说起孩子，林海伟满心愧疚："小孩都是自己长大的，我没费一点心思，老婆这么些年确实苦，所以，碰

到天气晴好的周末，我会乘船再坐半小时的车去城关看看，监督女儿的学习。”在城关蒋家村，17 年来林海伟妻子一直租住在女儿上学边上一间 5 楼的出租屋里，从大女儿高中毕业到小女儿现在上小学，没有在城关买房子，只在六敖有一处自建的两层民房。虽然在女儿的眼中，下雨天爸爸不会来，打雷的天气爸爸也不回来，但她们心里特别骄傲，因为爸爸在海岛上为老百姓服务都是风雨无阻。

丈量发展——脱贫致富的“电参谋”

选择海岛，就意味着艰辛和奉献，生性倔强的他深知自己肩上的重任。在林海伟的人生里，“事业”和“责任”这四个字总是排在第一位。

“只要是蛇蟠岛的一些经济发展项目开发、民生工程，我第一时间会听听林海伟的意见。”时任蛇蟠乡乡长的林伟明非常信任林海伟，不仅因为他的事业心，更多在于他的责任心和担当。2007 年，三门县大范围的新农村电气化建设全面展开，蛇蟠岛虽然只有 6 个行政村、9 个自然村，但由于条件艰苦，人手少，是林海伟工作最为繁重的一年，也是各方面压力最大的一年。作为蛇蟠岛新农村电气化建设负责人的林海伟，他工作在第一线上，白天一个人跑材料、现场踏勘，晚上搞设计。为了精确，林海伟经常一个人每家每户测量每户的廊下线、电杆之间的距离，而且精确到厘米，大家不得不佩服林海伟的“抠”劲。有时候为了某个点能达到非常理想的设计效果，林海伟不止一次反复到现场踏勘，每月都要穿烂两双绝缘鞋，脚底一个个血泡记录下了他的艰辛历程。长期不正常的生活和饮食使他得了胃病，他却从来没有为此请过一天病假。

在此时，大量的养殖户看好改造后稳定的电能所带来的养殖业经济，纷纷扩大养殖塘数量，而养殖塘的承包费用也由原来的 1700 元涨到 3000 元一亩。就在蛇蟠岛新农村建设进入攻坚阶段，刚刚怀孕 3 个月的妻子由于劳累出现流产征兆，妻子被朋友送到杭州后就独自一人在医院保胎。万不得已，林海伟当夜乘车来到医院，陪了妻子一个晚上，第二天一大早，他为妻子买好早餐，安慰了几句，就匆匆赶回了蛇蟠岛施工现场。

“对妻子我很愧疚。”一说起这件事情，这位憨厚的七尺汉子说话哽咽了，“但电气化建设更需要我，我不能让别人戳我脊梁骨骂我！”正是因为林海伟踏实、负责任的工作作风，一年多的时间，蛇蟠岛就完成了新农村电气化建设的 70%，2009 年，全部完成改造任务，成为全县第一个 100%完成的乡镇。

蛇蟠乡拥有省级旅游度假区和国家 AAAA 级旅游景区，每年都举办蛇蟠旅游文化节，这为小岛带来不少人气，旅游事业的快速发展也有效带动了当地的经济。不管是服务养殖产业，还是促进旅游开发，只要是对老百姓有利的事，都是林海伟心目中头等的大事。眼看着2015年的旅游文化周即将开始，他就早早地找到蛇蟠乡党委副书记陈红琴，详细了解旅游文化周存在的用电困难。

保供电

在得知陈红琴为举办晚会的供电变压器容量不够而担忧时，林海伟立刻赶回驻点，当天晚上熬夜至凌晨完成3份供电方案，第二天一大早就交到她的案头。事后，陈红琴感慨地说：“当时多亏林师傅的建议，我们才想到借用沿海高速10标段的变压箱。”

山前村的省级“农家乐”新村规划中，也凝聚着林海伟的卓越智慧。规划初稿刚出炉时，村主任余志强就迫不及待地给林海伟打电话，要他过去看看新村的变压器台区分布和线路走向。变压器的安装是需要经过精密测量和实地踏勘的，如果安装在马路边，会产生噪音；如果安装在海岛最边上，则有可能造成供电半径不足。这些问题着实伤透了村干部的脑子。

新村规划

得知需要新建新村的变压器后，林海伟这个“电参谋”就立马开始规划。经过海伟的多次丈量，并通过不断征求村民意见，拟定了80间房子的用电规划，全部采用地埋电缆，让村庄更整洁，村干部的眉头也舒展开了。

任劳任怨——他人眼中的“螺丝钉”

“没见过这么好的电工，大事小事随叫随到。”这是养殖户对林海伟的评价。

“村民都认识他，啥事都直接打他电话，所以有活他都干在前，有危险也是冲在前。”这是新来一年多的同事对他的评价。

“群众的事都是天大的事，大年三十也是放下筷子就走。”这是林海伟的妻子林慧琴对他的评价。

为什么认识的人一说起三门县六敖供电服务站蛇蟠服务点负责人林海伟就大大点赞？因为他始终坚持一名共产党员克己奉公的本色，把自己当作海岛的“螺丝钉”。

对于去年1月份刚到蛇蟠岛工作的电工林海安来

说，他幸运地遇到了一个“好班长”。“上个月，台风‘纳莎’来袭时，海伟接到停电报修电话后，立即带我们巡线，查到问题自己就动手了，哪个危险他干哪个，从下午 4 点忙到凌晨 1 点，饭也没吃一口，回来喝了罐八宝粥，倒头就睡了。”林海安说，林海伟的好，是那种润物细无声的感觉。三门是沿海地区，极易受台风等影响，加上蛇蟠岛是个半岛，孤立无屏，更是首当其冲。

“纳莎”来袭的那个下午，蛇蟠岛上市门和小蛇两个村的电力设备遭遇雷击后全部停电。林海伟带着蛇蟠服务点的两名电工一路巡线，首先发现路边一株口径 40 厘米左右的大树被风刮斜在电线上，他立即联系林业部门，告知要锯树，一边跑到熟悉的群众家里借电锯。借到电锯后，他让林海安锯树，自己则爬上电线杆，更换二级保。“老百姓都等着用电，我们饭可以迟点吃。”林海伟一边说，一边又带着队友冲进夜幕中。原来，雷击中一户人家后，引起附近的山后 2 号变烧了。为了不影响这户人家的正常生活，他接通了临时用电线路，对二级保进行临时抢险更换，忙到夜里 12 点，使全线恢复供电。第二天，他又早早载着器材赶去修理。

在蛇蟠岛上的 25 年，林海伟始终干在前，冲在前，第一时间为村民恢复供电。

杨菜菊在蛇蟠岛上住了 30 多年，搞养殖也有 10 多年。遇到电的问题她第一时间就是打电话找林海伟。

“随叫随到，从不推托，就像自家的大兄弟。”杨菜菊满口称赞。

电路是养殖塘的“生命线”。三门水产养殖户普遍进行混养，饲养密度大，塘中的增氧设施必须保持 24 小时运转。如果断电超过 20 分钟，虾蟹就会缺氧死亡。盛夏，养殖户的增氧泵都在高速运转，跳闸最频繁。

“海伟就住在岛上，那么多年，都是 10 分钟内就到，他一到，我们的心就宽了，因为他不仅懂技术，也会为我们着想，知道虾蟹要出问题，他比我们都着急。”杨菜菊的丈夫卢兆益忍不住说起来。

给卢兆益留下深刻印象的，还有林海伟抢险排水闸门的经历。那个时候岛上电力设施还未更新，也只有两名电工，恰逢林海伟有事离岛，凌晨 3 点，一个电话就把林海伟叫回了岛上，原来是市门的闸门烧坏了，整个机房都烧了，林海伟连续忙了两天未合眼，终于使 2500 亩养殖塘未受丝毫影响。此后，林海伟决定无人值守绝不离岛。

林海伟向全岛公开手机号，全岛 2000 多名村民，住了一年以上的，几乎都认识他。“通电如同救火，不能让老百姓摸黑过日子。”这句话林海伟挂在嘴边，更深深地烙在心里。

看守动脉——海底电缆的“维护者”

人类改造世界为己所用的技能和创新能力是惊人的！除了陆地上你能看到的四通八达铁塔和电杆等输电设备以外，在肉眼之外的海底也绵延着成千上万海里的海底电缆，这些都需要超越凡人的细心和能力，看护周全。

以前，由于蛇蟠码是个孤岛，无法用架空线供电，1987 年 8 月，蛇蟠岛海底电缆敷设工程竣工通电后，这根海底电缆就像一根粗壮的动脉，为蛇蟠岛带来了光明和发展动力，蛇蟠岛不再是孤岛，而守望光明却成了电力人永远孤独的信念。一天又一天，一年又一年，寒来暑往，自从来到了岛上，这根大动脉就成了林海伟的一个牵挂，就像保护自己的血脉一样。

但是，随着岛上经济的发展，以及旅游业和养殖业的迅猛发展，单靠一根 10 千伏海底电缆来供电，显然是不可靠的，有好几次还遭到渔船的意外隔断，造成岛上断电，而那时候养殖业开始出现“井喷”的势头，很有经济眼光的林海伟写了一封调查报告，给单位领导建言献策，提出敷设第二条海底电缆的建议。因为，在林海伟的心里，他一直有个设想，蛇蟠乡的6个村已经于2009年全部通过新农村电气化验收，改造率达到100%，要满足蛇蟠快速发展所带来的用电需求，必须架设第二条海底电缆。2011年通过专家的勘查设计，一条总投资近900万元的第二条海底电缆获省电力公司立项批准后，林海伟早盼着项目的开工了。

2012年10月，三门的天气异常炎热，室外平均温度都在30度的高温。林海伟因为要协助安装公司人员在蛇蟠码头进行紧张的立杆和架线施工，忙活了整整三个月。皮肤晒裂了，手腕脱臼了，腰腿受伤了，都没能让他有一天的停歇。

工程结束的那一天，林海伟独自一个人站在高坎处。他深情地往前看，不远处的海面上，船只星星点点，初升的旭日照耀着蛇蟠发出万丈光霞，来自外地的专业施工队顺利完成了海底电缆的最后一段放线。他要亲眼见证蛇蟠海岛的每一次飞跃，他的心里感慨万千，只要站在脚下的这片热土，自己为之辛苦为之忙碌，时刻都觉得充实和充满力量。

这第二条新电缆的架设建成，结束了蛇蟠岛只有单条 10 千伏海底电缆的历史。但是，如何做好下一步的维护保养工作，林海伟又主动请缨，义务担负起海底电缆的维护。

2014 年 10 月，蛇蟠洋码头附近的一个村子在进行造路时，挖机驾驶员不慎将地埋电缆挖断。健跳供电所抢修人员在林海伟的带领下，急忙来到事故现场排查故障点。

“从断裂的地方观察可以看出其中的光缆断了，电缆也断了一根，还需要进行摇绝缘的检查。”林海伟经过初步检查，确定了仅有一根电缆故障，其余两根并未受到损伤。由于故障电缆没有剩余线，需要将地埋电缆挖开一段距离，设法抽出一段电缆，将故障点两端的电缆连接起来，才能排除故障，而该项操作存在很大难度，海底电缆维修更是首次，为此，林海伟吃住在施工现场，专职负责海底电缆的维修。

为了保障岛上居民在抢修期间的正常用电，他积极联系调派发电机上岛，为岛上居民用电提供后备保障，并于当天下午临时为岛上居民恢复了照明用电。同时，提前组织开挖电缆沟等工作，尽量缩短抢修时间。历经三天，抢修结束，蛇蟠岛全岛恢复正常供电，随后也陆续恢复了通讯。另外，在林海伟的促成下，第三条海底电缆于2016年开工敷设建成，为海岛提速发展打下扎实基础。

2016年的三门县蛇蟠洋面上，八月的阳光凶狠地灼烧下来直射蔚蓝的大海。那一天，大型的机械设备开始下水作业，电缆敷设船“边走边放”，释放出成捆的花式电缆，好像一条条昂首游走的“蛇”。迎着海浪和烈日，放线工人灵活有序地利用水下监视器、遥控车进行监视和调整，控制着敷设船的方向和速度。

这一边，村民们在自建房里办起了生意红火的农家乐，在蛇蟠码头附近，大客车下来一波又一波游客，空调热水、热饭暖汤接待着陆上的来客。但随着沿海高速三门段蛇蟠洋大桥开工建设，安装大量变压器满足施工生产用电和工人生活用电，目前仅此一项就已新报装用电容量7000千伏安，海岛供电电源略显单薄。若原先老电缆发生故障，则岛上将面临无电可用。因此，林海伟为海岛的电力布局进行了远景的规划，总投资近656万元的第三条海底电缆今年获国网浙江省电力公司立项批准后，立即着手前期的准备工作。

在海上放线的林海伟和大家一个星期前就开始泡在浅滩海水里。他说起海缆的放线过程，有着很丰富的施工经验。海缆的敷设流程分为接缆、扫海、始端登陆施工、海中电缆施工、终端登陆施工。在浅滩段敷设时，先用船把电缆运到海上，再由工人下水，在每一截电缆上面绑一个个轮胎，浮在水面。通过岸上的牵引机牵引，将电缆牵引上岸，电缆上岸后拆除轮胎，使电缆下沉至海底。

经过半个月时间的紧张施工，第三条海底电缆的贯通，保证了海岛在接下来十年的用电无忧。

初心不改——美丽海岛的“扮靓者”

远离闹市的喧嚣，沙滩、海浪、石头房和海盗村的历史传说，使如今的蛇蟠海岛游正吸引众多大城市的人前往。随着时代的发展，单纯的新农村电气化改造已经远远满足不了蛇蟠旅游业的发展步伐。2017 年，蛇蟠着力打造华东影视文化基地。该基地共拍摄了 20 余部影视作品，对电力需求也不断增加。

当年 12 月，电视剧《谷文昌》剧组到蛇蟠拍摄，并将黄泥洞村进行一些历史的还原。该剧以时任福建省东山县县委书记谷文昌的不朽人生为主线，以国家话剧院话剧为基础，围绕“治沙造林”“东山保卫战”、变

“敌伪家属”为“兵灾家属”等耳熟能详的故事生动展开，融入谷文昌的东山情、百姓情、夫妻情、子女情等细腻表达，真实再现出一个不忘初心、牢记使命、清廉务实的人民公仆形象。

当地的老百姓都说，这个电视剧组的选址是选对了，我们这里也有一个谷文昌式的优秀共产党员，艰苦的生活环境里最能考验一个人的真心。

在林海伟扎根海岛 25 年后的 2017 年，他被三门县供电公司提拔为蛇蟠电管站的副站长，也算是一个中层的干部了。可能在大家都会以为，当了干部，这下林海伟就可以清闲点了吧！然而答案并不是，在海伟看来，他肩上的责任其实是更重了，担子更沉了。他比以前留在海岛上的时间越来越多了，可能一年到头，就一两次因为工作上的原因离开海岛。

2017 年的 8 月 14 日一早，在位于三门县蛇蟠乡码头的渔光曲路上林海伟正冒着滚烫的地表热气，钻到齐肩深的塘泥里，开挖电缆沟。今后，这里将被打造成由 12 个变压器台区组成的“精品台区带”，上面将看不到电线杆，电缆全部入地。这是一项史无前例的浩大工程，从前期的规划和后期的施工，林海伟已经做好了全部准备。

早在 2017 年 2 月，林海伟从镇里参加“为美丽海岛发展献一策”的会议回来，他就向供电公司提出建议，目前海岛拍摄的都是一些古装剧，这林立的电杆成为了抹不去的风景，让海岛错过了很多大型古装剧的拍摄选址机会。

三门县供电公司立即出台一系列文件，要求公司各部门紧急行动起来，全力支援蛇蟠精品台区带建设。开工建设半年来，林海伟和 10 多名创建工作领导小组一行人员，在蛇蟠 12 个变压器施工点走访勘察辖区内的台区通道和设备。针对台区内的变压器、配电设备、架空线路、接户装置等进行巡查，就弱电线路搭挂、变台围栏及安全标识牌设施老化现象、低压线路入地、台区低压线路及表箱、表后线改造、施工过程中政策处理等问题，进行逐一化解。

海伟说，基本上每天都会遇到具体的困难，比如电缆井要挖在别人的门口，比如要移一棵树，比如有些进户线从最灿头的房间打洞安装，比如配电房宅基地审批……这时候林海伟的好人缘发挥了作用，大家也都认可他服务的“金字招牌”了，再大的难题都能迎刃而解。

“我们海岛以后可能要走影视拍摄的路线，这样一些地面上的电线杆就成了障碍物了。”“电缆入地后，我们的用电问题都解决了，海伟在推的事情，肯定是为我们好，我们全力支持。”“又不要我们出钱，精品电网为我们美丽海岛的品质生活锦上添花。”……在施工现场，渔光曲路上20余家农家乐经营户们大家你一言、我一语由衷地感叹道，没有一个人持不同意见。

其实，苦点累点都没事，在电力升级改造过程中，林海伟还怕就是外协施工人员会与村里发生一些不必要的经济往来关系。于是，他建议供电公司纪检监察部联合，与每个村签定《农网建设与改造工程廉政协议书》，协议上各方权责利益清晰并印有供电企业、施工单位与村委的签章。不得向村委或村民收取任何费用，因为这是违规的。——这也是他在基层管理工作上的一些创新。

林海伟对未来海岛的发展信心满满，他对自己脚下的这片土地饱含深情，愿意把自己的绵薄之力，献给它。展望未来，林海伟指着正在进行最后接龙贯通的沿海高速说，蛇蟠海岛将会吸引更多的投资和开发者前往。“经济发展、电力先行”。精品台区带建成后，必将推动海岛配电网全面升级建设。

如今的林海伟，白发也增加了不少。由于常年的劳累和风吹雨淋，他患上了关节炎。有时候走起路来有些弓背，脚也有点瘸。三门县供电公司的历任领导都是对海伟有一份特殊的感情在的，考虑到 25 年来，林海伟极少离开海岛，每次领导照顾他，说提议把他调到陆上工作，他总是连连摇头又摆手，一下子就把腰挺直了，走路也正姿了，并说："岛外的人不适应这里的生活，我真的调走了，岛上的村民肯定会在用电方面有诸多不便。"

这么多年来，林海伟舍小家顾大家，用自己的青春和汗水，为岛上经济发展保驾护航，也赢得了百姓的口碑，也彰显了国网人那份社会责任。由于他的工作出色，2013年他被评为感动台电人物；2015年他被评为台州电力系统"最美员工"，被省文明办授予"浙江好人"，并被推荐到"中国好人"的评选；2017年，他被浙江省电力公司评为"感动浙电"最美员工。

"为有牺牲多壮志，敢叫日月换新天。"这矗立在蛇蟠岛上的基基电力杆、条条银线，见证了林海伟作为电力人拼搏奋进的风采，潮起潮涌的三门湾是林海伟在岛上二十余年坚守光明的诺言……

林海伟，一个普普通通的电力工人，用自己对供电事业的那份执着，在这块土地上践行着国家电网"四为"服务的宗旨。正是这份坚定的信念，他安住于此，服务于此，扎根于此。我们也似乎通过林海伟，看到了蛇蟠岛美好的发展明天！

《国网故事汇》刊登

《浙江日报》记者采访

台州日报

九县(市、区)创国卫"满堂红"

2017年7月

16

星期日

活力打造"山海水城"新标杆

——路桥大抓项目促赶超纪事之二

林海伟：一名电工的

《台州日报》头版刊登

“两学一做”学习教育
情 况 通 报

第 31 期

中共台州市委组织部　　　　　　2017年8月21日

编者按： 林海伟（三门县健跳供电所六敖供电服务站副站长）同志是我市“两学一做”学习教育中涌现的先进典型，是立足岗位、创先争优的优秀党员代表。近期，市委常委、组织部长吕志良同志对林海伟同志先进事迹作出重要批示：**可作为“两学一做”学习教育学习对象**。现将林海伟同志的先进事迹予以摘登，各级党组织要把学习林海伟同志先进事迹纳入近期主题党日活动的重要内容，组织广大党员干部深入学习、认真对照、争创一流，进一步营造对标看齐、争当先进的浓厚氛围。

台州市委组织部批示林海伟可以作为“两学一做”学习对象

三门湾——光的起源

美丽的三门湾畔，是谁将第一束光投射在这里？是谁点亮了第一盏灯，走进灯火通明的大街小巷，走进胡同深处，在电力用户身边守护着光明？历史用沉淀和递进来证明终于翻到了今天辉煌的这一篇。三门县位于浙江东部沿海。历史上为宁海、临海两县边陲乡镇。1940年设置三门县。东濒三门湾，南界临海市，西接天台县，北邻宁海县。面积 1510 平方千米。3 个街道，6 镇 1 乡，512 个行政村。

全县沿海陆地属半山区，海域辽阔，岛礁星罗棋布，港湾深嵌。三门湾地理条件优越，湾部可建设大型核电站、火电厂厂址多处。沿海潮差大，风日多，风力强，具备建设潮汐和风力发电等多种能源基地的有利条件。

三门电力开发，始于水电，火电继之。镇海人黄传法于民国 27 年（1938 年）夏，在珠游溪上王桥斗水鲇建造 10 千瓦水力发电站一座，次年秋建成，称“光耀电灯公司”。民国 28 年（1939 年）秋冬连发大水，电站被毁。民国 36 年（1947 年），三门县蔡若霖、谢加火、郭金荣合办“三友合记电灯碾米厂”，装机 5.06 千瓦，装有 15 瓦包灯 160 盏，低压直配供电照明。

新中国成立后，在中共三门县委和人民政府的领导下，全县电力工业稳步发展。1952 年私营电厂经营不善，资方离厂经营它业。三门县人民政府为了发展电力事业，派员代管。1954 年 6 月，资方将设备抵作债务，自愿退股，经三门县人民法院判决，厂归国有，改名为海游电灯厂（1955 年 9 月改名为海游电厂），成为全县首家地方国营企业。1956 年 4 月，海游电厂首次扩建，新建厂房 466 平方米，装机容量 36 千瓦，比原来装机容量扩大 6 倍。1958 年，为满足三门钢铁厂炼铁用电需要，电厂发电装机容量增加到 60 千瓦。随后，工业、农业生产用电相继出现，打破了十多年来单一照明用电的历史，开拓了电力为工农业生产服务的领域。同时，在扩充火力发电机组的基础上，进行水力发电试验：悬渚乡小坑村、马娄乡石马村，相继建成 15 千瓦和 10 千瓦两座水电站。1959 年，三门盐场电厂 200 千瓦柴油发电机组建成投产。电厂至黄埠突码头架设 2. 3 千伏线路 2 千米。全县首次出现高压配电线路。1960 年代，三门恢复县建制后，加快了电力建设步伐。

1961 年 6 月，三门盐场电厂 750 千瓦汽轮发电机组投运。1963 年，三门电厂扩建的 3 台柴油机组计装机容量 400 千瓦投产。1965 年，为满足工业用电需要，由原来晚上发电改为日夜发电。此后，水力发电贯彻以“谁建、谁管、谁受益”的方针，全县掀起大办水力发电的高潮。到 1969 年，全县共有水电站 25 座，总装机容量 629 千瓦；三门县红旗电厂有火力发电装机容量 750 千瓦；供电线路已从 2. 3 千伏向 6 千伏、10 千伏发展；供电范围向城南、城西等区乡发展。

20 世纪 70 年代至 80 年代初，全县电力工业有较大发展。1970 年，三门县红旗电厂 750 千瓦汽轮发电机组投产。1971年8月，临海勾山变电所至三门悬渚变电所35千伏输电线路投入运行，其中三门县境内17.5千米，这是三门县首条35千伏输电线路；1973年，台州地区要求将该35千伏线路改成三线供电，因改造投资大，故于该年10月新建一条梅坑变电所至三门35千伏线路顶替，与临海35千伏联网供电，从而摆脱三门小电网孤立的局面。1975年，三门县红旗电厂扩建的3000千瓦汽轮发电机组投产。这是当时台州地区单机容量最大的火电机组。

1978年，三门县成立电力公司，与三门电厂两块牌子一套班子。初步规划全县35千伏网架建设，实现一手抓发电、一手抓供电，加强电网建设。小水电建设，作为水库开发一水多用的重要配套措施，向高水头、较大容量发展。

1979年，亭旁区、珠岙区、六敖区75千瓦以上小水电站全部联网，增强了县电网的调峰能力。1980年，三门电厂发电总装机容量达到5354千瓦。1981年7月，途径三门县境内的前所至梅林110千伏输电线路竣工投运。同年 11 月 11 日，主变压器容量为 2 万千伏安的 110 千伏三门变电所建成投运，三门县电网联入台州电网供电，三门电厂停机备用。为适应大电网供电的新局面，三门县电力公司先后成立海游、亭旁、珠岙、沿江、健跳、花桥 6 个供电所。

1982 年 1 月 1 日起，执行浙江省电网统一电价，工业和生活用电的电价大幅度下降。三门成为省电网趸售县。

1982 年 5 月 15 日，三门电厂机构撤销，县电力公司的工作重点转向建设 35 千伏输变电工程。1982 年底，全县有小水电站 89 座，总装机容量 3836 千瓦，其中有 15 座水电站联入县电网，装机 23 台，容量 3075 千瓦，占全县水电总装机容量的 80%，上网电量占县电网供电量的 12%。从 1982 年至 1992 年，先后改造和新建海游、健跳、浬浦、亭旁、珠岙、花桥 6 座变电所和化肥厂自备变电所。在改革开放、搞活经济的方针政策指引下，县内工农业生产蓬勃发展，同时家用电器进入千家万户，全县供电量每年以 12%的速度增长。为加强农电管理，于1984年11月起，培训农电工，分批按乡设立乡电管站。由于用电的增长，为弥补省电网分配电量的严重不足，集资办电、煤加工电和购买用电权等多种办电形式应运而生。随着电力建设的发展，电力管理机构相应扩大。1994年底，县供电局共有职工274名，职工素质显著提高，具有初高中文化水平的占68%，大专文化水平的占7%。其中获专业技术职务的有53名。县供电局已拥有固定资产1293.66万元，年创利润30.60万元，年上缴税金59万元。全县共有35千伏输电线路8条，91.2千米；10千伏配电线路1100千米；35千伏变电所6座，主变压器总容量42150千伏安，年供电量9144.28万千瓦小时。全县505个行政村，除海岛田湾村未通电外，都用上了电，通电率达99.8%

另外，三门湾畔，地理位置与条件优越，适合建设大型核电厂、大型火力发电厂和潮汐发电站。三门县人民政府历届领导，都重视电力开发，积极支持核电和火力发电项目的前期工作，促使核电、火电项目前期工作顺利进行。健跳猫头山嘴可以建设4×100万千瓦的核电厂，并留有扩建余地，国家能源部已于1992年12月组织专家通过初步可行性研究报告评审，作为国家规划用的核电厂址；目前已转入可行性研究阶段。扩塘山也可以建设4×100万千瓦核电厂，作为规划对比厂址。牛山、洋市涂火电厂址，可以各建设装机4×60万千瓦发电机组的火电厂，已经通过初步可行性研究报告，亦已进入可行性研究阶段。此外，三门湾潮汐资源丰富，凤凰山等地可建设总装机容量1~3万千瓦的潮汐发电站。三门县具备建设电力基地的有利条件，广大电业职工任重道远。

1995年，三门县有110千伏变电所1座，主变压器容量5.15万千伏·安，35千伏公用变电所6座，主变压器容量3125万千伏·安，合计主变压器容量8365万千伏·安；110千伏输电线路1条，长42.79公里，35千伏输电线路8条，长90.2公里，合计总长132.99公里。有15座小水电站，总装机容量3135千瓦，年发电量510万千瓦·时。但三门县电网存在网架结构、电源布点不合理，35千伏变电设备起点低，10千伏以下电网基础薄弱，无功补偿不完善，调度自动化建设进展缓慢等缺陷。该年，三门县全社会用电量9741万千瓦时，与三门县“十五”期间重点开发沿海平原地区的经济发展规划不相适应。

1997年8月，三门县遭受百年一遇的“1997、11号”强台风正面袭击，百海塘毁于一旦，大批农田被淹，三门县沿海一片汪洋，6座35千伏变电所进水，其中3座受淹停运，倒杆断线1552处，电力设施遭受毁灭性破坏。电网供电最高负荷在17~18万千瓦之间徘徊。三门县通过生产自救和调整产业结构，用电量逐步增加。

1998年，全县用电量首次突破1亿千瓦·时，年增长率2.8%。1999年10月，三门县人民政府召开农电体制改革动员大会，全县农村电网建设与改造工程拉开序幕，成立6个工程项目部，组织50多支600余人电力施工队，分布山区、沿海各地，农网建设与改造工程全面展开。2000年，全县有10、35千伏变电所9座，其中，110千伏变电所1座，主变压器容量63万千伏·安，35

千伏变电所7座，主变压器容量8.3万千伏·安，主变压器容量合计14.6万千伏·安，比1995年增加74.34%。110千伏、35千伏输电线路总长181.15公里，比1995年增加36.21%。全社会用电量1377699万千瓦时，比1995年增加41.43%。2003年初，一、二期农村电网建设与改造工程全面竣工，三门县城乡高低压电网面貌焕然一新。电力部门根据三门县经济发展规划，全县经济发展南移，重点建设健跳港工业园区，规划面积25平方公里。电网建设重点随着经济发展重点转移而转移。2004年2月，中共台州市委、市政府授于三门县供电局“文明单位”称号。7月21日，国务院批准建设三门核电站一期工程，规划建设2台装机容量125万千瓦压水堆核电机组。现已完成“四通一平”前期工作。

2005年，三门县供电局完成三门县城电网建设与改造，新建35千伏线路1156公里，改造10千伏线路442公里（其中电缆线路24.3公里），10千伏开闭所6座，改造公变台区78个，完成总投资3400万元。全面加强一户一表改造工程，共计完成14.465万户。为满足三门经济快速发展的需要，对电网建设项目，采取先垫资，先建设，资金不足由三门县人民政府贴息贷款办法来解决。大湖塘开发区35千伏输变电工程，晏站塘新区工程及南北经济协作区工业开发区等工程，垫资金额达9000万元。三门县各经济开发区共投入电网建设资金6680万元；沿海工业城电力建设投入资金1200万元，新建10千伏线路87.6公里；滨海新城电力建设投入资金500万元，新建10千伏线路17公里。同年12月28日，浙江省电力公司命名三门县供电局为一流县级供电企业。

三门电力工业在做强做优电网上不断进取，不断完善自身的现代化管理。广泛使用高科技、新技术、新材料和新设备，使输配电设施更趋现代化。110千伏健跳变电所、上叶变电所、亚达变电所，均采用全户内设计小型化组合电器、全电缆出线等新技术，在设计、选材和施工上都有新的突破。变电所配电装置选用国内先进的SF6全封闭组合电器，大大提高城市供电和用电负荷集中地区的安全性、稳定性。110千伏变电所增加到4

座，主变压器 6 台，容量达到 223 万千伏·安三门电网调度自动化系统实用化通过验收，县电网的安全、经济、优质运行跃上一个新的台阶：以计算机为核心的调度自动化系统，监督、操纵电网，更准确。10 千伏试验线路实施遥测、遥信和遥控，实施配网带电作业。开发配网自动化、电能质量管理等高级应用系统，提高电网调度自动化的应用水平，发挥系统的综合效应。110 千伏和 35 千伏变电所采用自动化技术，实现“无人值班”的自动化要求。加大投入推广集中抄表系统的应用，至 2006 年共完成 2 万多户。

2006 年 7 月 10 日，220 千伏悬渚变电所投入运行，一期主变压器 1 台，容量 15 万千伏·安。220 千伏悬渚变电所建成投运，改变，三门电网无 220 千伏电源支撑点的历史，结束三门电网仅依靠一个 110 千伏三门变电所支撑运行 20 多年的历史，使三门电网的结构有了质的飞跃，网架结构得到加强，供电能力明显增加，电网结构改善，极大地提高三门电网的供电可靠性，在三门电网史上具有里程碑的作用，三门电网进入新的发展时期。通过城乡电网建设与改造，城乡居民生活用电“同网同价”，电价稳定，减轻农民负担，实现电力供给的安全可靠，促进社会和谐发展；建设电网保增长，保障三门县国民经济持续发展；优质服务保民生。

三门供电局以“人民电业为人民”为宗旨，当好经济发展的“先行官”。支持边远山区、海岛少数无电户，解决用电困难；在电力供应紧缺时期，保障人民群众生活用电；在农村夏收夏种期间，全力支援农业生产；在抗台抢险时，以群众安全用电为己任。2006 年 7 月 18 日，随着沿赤乡方山村最后一个无电户通电，三门县成为浙江省第一个全面完成农村“户户通电”任务的县。34 户居住分散偏僻的无电户，彻底告别煤油灯照明的历史。

三门供电局努力做好计划用电工作，落实避峰让电措施，使有限的电力得到合理使用。保证“三门中国青蟹节”、高考、“双夏”支农、国庆节、春节等保供电任务。坚持“安全第一、预防为主”的方针，落实各级安全生产责任制，开展“安全生产月”和“安康杯”活动，探索新形势下安全管理模式“安全生产综合预控法、安全性评价”的实施，使安全生产逐步走上全过程可控和在控的轨道。截止 2006 年底，三门县供电局累计安全生产2076 天，连续 5 年实现安全无事故的管理目标。三门县供电局以“创一流”企业为目标，实现电力调度自动化实用化，主要业务实现计算机管理，生产经营微机化管理。利用电力 OA 办公自动化系统，实行电子公文流转，极大地提高信息传递和办公效率；电力负荷管理系统的推广使用、实现远程抄表台线负荷实测、电压监测、无功管理等功能，极大地提高用电管理手段；35 千伏变电所完成综合自动化改造，具备实现无人值班微机监控；推广新技术、新设备的应用，把开展带电作业工作、线路防污闪工作、生产 MIS 系统、配电地理信息系统（GIS）列入科技改造项目推广和使用，高科技在电力系统得到广泛使用。在创新服务方式上，相继实行负荷管理系统与银行联网实时结算电费，提高营销管理水平，方便电力客户。95598 客户服务系统运行，完善业务受理、咨询、投诉功能，保证客户需求落到实处。提高营业窗口优质服务水平，拓展规范化达标窗口的创建范围，三门县7个供电营业窗口，全部达到城市供电规范化服务标准。

2006年，三门县电网已形成布局比较合理、设备可靠、监控灵活、服务优良的坚强电网。三门县境内拥有220千伏变电所一座，容量15万千伏·安，110千伏变电所4座，主变压器6台，容量22.3万千伏·安；35千伏公用变电所7座，总容量8.3万千伏·安；35千伏用户变电所2座，容量1.85万千伏·安；220、110、35千伏主变压器总容量45.6万千伏·安，比2000年增加2.12倍。220千伏线路2条，总长95.899公里；110千伏线路5条，总长132.72公里；35千伏线路13条，计154.32公里。220、110、35千伏输电线路总长度382.94公里，比2000年增加1.1倍。10千伏线路46条，计938.17公里。2006年，三门县供电最高负荷为8.74万千瓦；城镇与农村供电可靠率（Rs－3）为99.73%。全社会用电量4.29亿千瓦·时，比2000年增加2.11倍。其中，工业用电量2.66亿千瓦·时，占总用电量的62.14%；城乡居民生活用电量0.84亿千瓦·时，占总用电量的19.48%。三门县电网建设与电力供应，保障了三门县社会经济发展和人民生活、生产对电力的需求，也为三门县社会经济的可持续发展打下良好基础。

2006年，三门县供电局职工251人，其中，共产党员占53%，大专以上学历人员占35%。从事着具有社会公益性事业，承担着社会供电责任和义务的电力员工，努力学习，转变观念，不断提高技能水平，切实提升队伍建设水平。时代在进步，社会在发展，电网的建设永无止境，电力战线员工为之奋斗的脚步永不停顿。努力加快发展方式转变，为三门县经济社会发展提供安全、清洁、高效的能源保障，促进城乡发展、公共服务便捷、大众生活美好担起义不容辞的责任。三门供电局在跨入浙江省“一流县供电企业”和“省级文明单位”行列之后，“努力超越、追求卓越”，以创建“国一流供电企业”为目标，贯彻科学发展观，艰苦奋斗，向着“电网坚强、资产优良、服务优良、业绩优秀”的现代电力企业迈进。

三门县是海洋经济大县，光是华东电力城，就有三门核电、台州第二电厂等大项目，此外还有潮汐电工程。三门县供电公司围绕地方政府打造“长三角地区绿色能源基地”的目标，加快电网建设步伐。近10年来，累计完成电网投资10亿多元。

是什么让三门电力实现了一次又一次的跨越，创造出一个又一个辉煌？最准确、最恰当的答案莫过于——努力超越，追求卓越，这正是国家电网公司的企业精神，也是三门电力的精髓所在。

在三门，电网建设的每一次进步，都凝聚着县供电公司的心血。围绕海洋经济、产业发展，公司努力提供一流服务。2018年，三门县居民用电满意率从2009年的85%，提高到99.5%。

助力海洋经济——

5年投入电网建设资金6亿元

500千伏三门核电送出工程，总投资4.3亿元，是三门核电外送能源的唯一电力通道，可满足三门核电站一期机组发电送出要求。

“十二五”前三年，三门电网建设总量超过“十一五”规划，提前实现到“十二五”末再造一个三门电网的目标。公司先后建成110千伏沿赤变电站、110千伏洞港变电站等7座各等级的变电站。

2014年5月15日三门核电500千伏送出线路已经完工，220千伏临港变电所、110千伏高枧变电所投运，这些都将成为海洋经济腾飞的供电“大动脉”。

服务支柱产业——

全省首推“高压线跟着养殖塘走”

三门县健跳镇巡检司村青蟹养殖户林后省，正在自家海塘坝上挖土豆。说起养殖收入，他眉开眼笑：“今天早上青蟹收购价是每公斤180元，早3天每公斤240元。”

林后省不光养青蟹，还养血蛤、小白虾。他从事养殖业3年，亲身感受到了电力服务为养殖业带来的好处。他说：“以前养殖塘没有电，养殖户们联合起来，从村卫生所拉根线路，电灯能亮就不错了。”

巡检司村有海塘230亩，10户养殖户。没有高压线路时，养殖户自拉的2公里电线电压不够，距离远的几户连电灯都亮不起来。一到夏天高温季节，养殖塘缺氧，青蟹、小白虾死亡量骤增。林后省说，那时一年收入七八万元就很不错了。

水产养殖是三门县特色支柱产业。全县水产养殖面积23.9万亩，是浙江海水养殖第一大县。2011年，三门县供电公司在全省最先提出：高压线跟着养殖塘走。此后，高压线架到养殖塘头，全县新架设10千伏线路40多公里，更换增容变压器62台。

2012年5月，巡检司村的养殖户，用上了稳定的高压电，装上了空调，塘里增加了增氧泵，养殖密度大大增加。据测算，安装用电增氧泵后，一亩水塘一年增收2000元，全县养殖户每年增收总额达4亿元。林后省说，现在每年收入十六七万元。

让林后省高兴的是，供电公司还配了台区经理，养殖塘用电有问题，一天24小时随时有人上门服务。三门县供电公司六敖服务站台区经理丁明分，就是林后省等养殖户的用电“保姆”，他说一名台区经理服务 1000 多农户，光是六敖服务站就有 15 名台区经理。

力促工业发展——

电力服务连续 5 年“零投诉”

针对工作作风问题，公司推行电网建设“一书一查一公示”廉政管理模式，有效地遏制了“吃拿卡要”问题。在提升服务上，公司推出“五零”服务管理，即沟通服务零距离、流程服务零障碍、紧急服务零时限、特殊服务零收费、诚信服务零投诉。

每个工业城都配备了客户经理，为企业代办各项手续。能上门服务的，绝不让企业跑腿。珠光集团分厂有台变压器三四年没用了，重新启用前原本要拉到三变公司去测试。县供电公司将设备拉到厂里帮忙检测，企业省了费用、人力和时间。

供电公司服务节节提升，2013 年至 2018 年，三门县供电公司连续 5 年实现电力服务“零投诉”，获行风测评第一名。

“潮涌催人进，风正好扬帆”，面对未来，求真务实的三电人将以更加坚定的信念努力探索企业和电网建设之路，抓管理、塑文化、强队伍、铸品质，为企业发展注入活力，为当地经济腾飞插上有力的翅膀，向着更高更远的目标展翅翱翔！

团队服务篇：让光撒遍每一个角落

光明代表着希望和美好，它驱散黑暗和忧伤。当第一束光照耀在东海的蛇蟠岛上，海面上银波闪闪，慢慢地，光在发散，将温暖扩散，直至情满人间。一个人做好事的力量是有限的，只有整个团队都被带动，融入其中，才能营造集体的力量。

三门盛产以青蟹为代表的鱼虾、贝壳类等小海鲜。三门小白虾、梭子蟹、南美白对虾、蛏子、花蛤、牡蛎、毛蚶、血蚶，这些都进行大规模育苗和养殖。

“现在蛏子已经上市，想吃好吃的蛏子不要错过了！今天先打包500箱青蟹配货中、海鲜大礼包加工中，带鱼加工进行时……”每年农历的春节前，位于浙江东南的小城三门县，街头巷尾、养殖塘边、微信朋友圈、淘宝村线上谈论的都是与海鲜有关的生意经，彰显的蓬勃发展劲头与红红火火的新年经济特别相映衬。

三门素有东海“黄金滩”之美誉，小海鲜品种繁多，随便鼓捣几个就能凑出个三大桌。有青蟹、望潮、弹涂鱼、小白虾、蛏子、花蛤、牡蛎、毛蚶、泥螺、海蛳和香螺等。三门小海鲜烹饪最显著的两个特点就是：“鲜”和“原汁原味”。三门渔民出海捕鱼时，受船上烹饪条件的限制，通常就是把刚捕捞上来的蟹虾鱼加点水放在锅里一起煮熟。不需要任何的调料和葱姜蒜等佐料，清煮海鲜，保持了海鲜本身的鲜美。

如何在“鲜”上做文章，让更多的外地食客也能品尝到地道的“小海鲜”，三门县政府着力打造海鲜市场一条街和功能集散地，直通养殖塘头和码头。三门县供电公司在 11 月份前完成了整个区块的前期电力线路安装。滨海供电所两个施工队伍到了市场，当天他们在枫坑 532 线安装了一台新的 1000 千伏变压器，并架设了电缆和导线。今后，这些水产加工厂的供电将得到充分保障，新添设备的用电需求将被一一满足。商户们很快开始了营业，抢占年货市场。说起这顺风顺水的生意，经营户马小钰一边忙着打包，一边满是自豪地说：“我们今年主打海八鲜，就是一箱海鲜搭配着豆面、番薯干等土特产，早上发货，下午能到买家手里，原汁原味的海边人家特色美食，一下子成了抢手货。”

三门是一个海水养殖大县，县内有 20 余万亩面积的养殖塘，有些养殖户就是以塘为家。保证养殖塘生产和生活正常供电是一件关系到老百姓切身利益的大事。作为蛇蟠乡的用电经理，林海伟驻守海岛 25 年，他说：“养殖户的生命线就在这里。”为此，三门县供电公司承诺“养殖塘挖到哪里、高压线就架设到哪里”，除了帮助养殖户架线、增设变压器、改造线路外，为了确保所有养殖塘的增氧泵、抽水泵、饲料投放机等动力机械转得起来，供电所工作人员从低压台区到塘口的每一根电杆、每一档线路、每一只控制箱等，都进行了巡视检查，并对养殖户居住临时房里的生活用电一并进行了检查和维修。就在 2013 年，三门县被确立为国家电网公司农村安全用电强基固本工程试点县，县供电公司投入资金 1000 余万元，对养殖塘密集的村庄进行农网改造升级，将高压线架设到养殖塘头。全县 14 个乡镇供电营业所员工开展用电专项清查，养殖塘的用电私拉乱接等现象得到有效控制。该公司还通过公用变接收模式和农户合作社专变模式解决农排线路管理难的问题，在经过资产评估移交供电企业后，该公司对农排线路进行大力改造，供电质量有效提升。电力充足了，供电有保障，养殖户纷纷通过大棚养殖的办法培育青蟹，尝到了甜头。

去年 9 月份，三门县举办了第二届“聚划算青蟹节”，当地政府在前期就将上网网线拉到养殖塘头，电力敲定供电方案，上千台电脑全部运作起来，线上线下一片繁忙。活动期间，利用周末淘宝、聚划算、淘宝汇吃等网上平台开展促销，三天内导入专题流量 740 多万人次，三门小海鲜两天集中售卖实现交易 5000 多单，日均交易近 3000 单，是平时的 130 多倍。

一个产业带动一方百姓致富，三门县“在水一方”农家乐位于蛇蟠岛上，有 3000 多亩标准鱼塘和一系列农家主题休闲娱乐设施。标准鱼塘全部实行伞状钢化大棚养殖，采用电能供热，成片的养殖塘形成了一道道奇特的沧海桑田景观，游客慕名而来，这里又成了同学聚会、采风创作、群年会等首选场所。现在这个季节，每天客流不断，双休日不提前预订，根本没有空房间。面对暴增的人流量，住宿、就餐、休闲等一系列配套保障及时跟进，林海伟化身为专职电工，对农家乐区域的变压器台区进行地毯式改造，确保可靠用电。农家乐的总经理说："现在我家里有 30 个房间，电锅炉、空调、热水器全部打开都没事。"

通过政府搭台，景区为农家乐提供客源，而养殖基地销售了水产品，游客在此品尝到了最正宗的三门小海鲜。走进三门，就是向你打开一道独具风味的小海鲜味蕾之门、一个记忆深刻的海鲜故事之门、一份朴素真挚的海鲜情怀之门。这些都是电力人助农、惠农政策的美好结果。

四年四改　只为茶农架起“致富路”

每年的春季，走进三门县亭旁镇挂帘村，这里处处人声鼎沸，茶山上到处都是采摘春茶的人。走进该村炒茶大户何朝新建的茶叶加工厂，十几台制茶机器隆隆作响，茶叶哄干机散发的茶香扑鼻，闻之欲醉。不时的有采茶归来的老乡提着三五斤鲜茶上门卖茶。得知来意后，何朝说起了他的茶厂和三门县供电公司的故事。

何朝是土生土长的亭旁镇挂帘村人，七八年前开始在村里办了一家茶叶加工厂，当时只是个单锅手工炒茶的家庭作坊。以前，因为电的限制，他只能用简陋的设备炒茶，产量少，茶农送上门的茶青，他不敢多收。何朝说：“当时，村里的变压器容量只有 20 千瓦，一天炒七八斤茶，变压器就烧掉了，可这一片的茶农大大小小有近千户，我们的产量上不去，收购茶青的量也上不去，茶农就白忙了。”想来想去，何朝联系了三门县供电公司亭旁供电服务站，将情况一一反映，请他们帮忙。

亭旁供电服务站距离何朝的茶厂有30多公里路，开车需要半个多小时。何朝没想到，过了几天，供电服务站的副站长林昌成带着几个师傅，来现场勘察了。“第一趟，他们来看了地形，问了些情况。几天后，他们直接拉着一车材料来了，重新架线，帮我把变压器容量换成30千瓦。”何朝说。

变压器第一次增容后，2011年，何朝添置了杀青机、压扁机、理条机等，总价值3万多元。可他发现，这些机器还是得小心翼翼地用。“变压器容量还是不够大，机器根本不能同时开。”何朝说，杀青机是炒茶的第一道工序，相当于消毒，但功率太大，买回来后，在家放了整整一年不敢用。压扁机是第二道工序，他买来6台机器，但一次只能开3台机器。理条机是第三道工序，但只能等压扁机关后，才能开起来运作。如此一来，原本可以同步走的机器必须分三步走，炒茶产量还是上不去。无奈之下，何朝只能又向亭旁供电服务站求助。

林昌成他们带着材料，又跑了一趟，将变压器容量换成 80 千瓦。去年，他们又将变压器容量增至 100 千瓦。

随着炒茶生意越做越好，今年初，何朝将他的茶叶加工厂移到了挂帘新村，机器自己都能移过去，可是电自己怎么移呢？3 月 1 日，何朝又一次联系到了亭旁供电服务站。接到申请后，亭旁供电服务站随即安排了由 7 人组成的春茶服务队赶往挂帘村。服务队员对旧村的杆线进行了迁移，将何朝茶厂的电搭建到新村一台 200 千伏安的公用变压器上，当天下午，位于新村的茶厂机器就运转起来了。

电，有了保障，何朝的茶厂产值也就上去了，“四年前，茶场一年产值只有四五万元，去年就增加到了 100 多万元。”何朝说。如今，他还带动了周边一批茶农的经济收入。

“让村民早日搬进新房、过上好日子”是 2009 年“感动中国”候选人、浙江“金牛奖”获得者、已故挂帘村主任何小川的最大心愿。为了让村民过上好日子，何小川帮村民购买了茶苗，改造出 510 亩茶园。茶叶已经成了当地在家务农村民的主要收入来源，而他们采摘来的茶青基本上都卖给了何朝的茶厂。“以前，电压不稳，我们背着茶青到处打游击，如今电力有了保障，我们就近卖到何朝家，不用跑到老远去卖了。”一位正上门卖茶青的老妇说道。

何朝说，收购来的茶青必须要在第二天加工完，才能保证高质量。以前，茶厂产量上不去，他不得不限量收购。可看着一些上了年纪的人走远路送来茶叶，卖不出去，就只能失望地拿回去，或者走来回 3 个小时的路程，送到临海的岭根卖，他挺过意不去。

“现在炒茶再也不用担心用电问题，一天收 800 斤以内的茶青都不成问题。”何朝说，茶青收购价格不定，根据天气、茶青质量而定，从 30 元到 50 元不等。考虑到茶青的新鲜和质量、茶农的收入，有时候茶农送来的茶青只有一斤或者几两，何朝照样收购。

一手收茶，一手给钱，老妇茶青重 2 斤 4 两，何朝递给了老妇 100 元。接过钱，老妇笑容满面地说：“我老太婆，一天还能赚 100 块钱，真的要感谢何朝，感谢你们电力部门。”

山盟海誓的约定，从未被遗忘……

“海誓山盟、海市三门”，位于浙江南部的山海小城三门县，属于沿海经济欠发达地区。该县一共有 31 个高山村，分布在 10 个乡镇街道的角角落落。随着国家高山移民政策的实行，建设新村、整体搬迁、旧村改造、种养殖致富等方方面面工作陆续铺开。县供电公司倾力服务各个高山村，派驻指导员和台区经理，改造旧电网，架设新线路，从日出，到日落。

车子从县城出发，经过近 1 个小时的穿村公路和山道颠簸，在一个分岔路口的地方，负责电力稽查的安全人员和施工人员走散了。

电力稽查人员按着导航走，导航一个劲地喊：请调头左转……可问题是明！明！没！有！分！岔！路！可怕，不敢向前了，连忙掏出电话，兜兜转转才总算和施工人员联系上了。施工人员常在村里走，对路比较熟悉，稽查人员第一次来，实在是很难找到。静谧空心的高山村，外人根本找不到这地方。

这里是三门县的珠岙镇王石村，村子的形状像一条黄狗盘踞在山顶。因此，以前的村名叫“黄狗盘村”。十几户的人家零散分布在各个山头，翠竹掩隐，一幢幢两层的小屋倒映在四方形的池塘里。村里本来一共住着16户人家，随着青壮年下城镇务工和求学，常住户数就只有5户，过年过节的时候人稍微多点。随着其他高山村移民力度的加大，这应该是全县用电户数最少的一个行政村了。但，只要村民们在山上住一天，他们的安全可靠用电都将得到保障。

去年过年前，三门公司就为村里新安装一台容量为100千伏安的变压器，让高山村的新年，暖暖的；后来，又安装了路灯，让小村的夜晚亮堂堂的。

用台区经理周菊巷的话说就是：“一直被珍视，从没被遗忘。”

周菊巷从2000年第一期农网改造后，开始接手当这个村的台区经理，安装电表，抄表收费，维修电路。村里的年轻人都到镇上的工厂上班去了，留下的都是老年人和行走不便的。他有时候帮着村民，从镇上捎带些新鲜的肉和大米之类的日常生活用品，对村里的一草一木都了熟于心。

就像现在这个季节，进入深秋，连续的雨季过后，再加上山风吹刮和山体滑坡，有些老房子倒塌了，电力廊下线也跟着被压在了旧木椽下，容易造成安全隐患。周菊巷看到后，立即上报到供电公司运维检修部，运维检修部及时安排项目跟进批复，决定对珠岙镇王石村 1 号变低压线路进行维修，新立 10 米水泥杆 8 基，导线更换成 50 平行集束电缆，新装闸刀箱 6 只。

那山路这么狭窄，宽宽的工程车是怎么开进去的呢？

不错，运输车确实是开不进去，这些电力设备的运输，都是人工用手拖车拉上去的，相当艰辛。由于电杆要运输经过山下的村子，山下的村民就纳闷问施工人员："你们怎么才来？难道高山村一直没有电的？难道以前他们都是点蜡烛的?"

"高山电网一直都在的，户户通电已经十几年了，村里用电一直是有保障的。只是服务是要持续的，并不是一劳永逸。"

经过近两个月的电网改造，他们完成了全村的线路整体翻新，并安装上了路灯。

上完了高山，又下平原。这平原就是三门城关西区的高山移民迁置点里田湾村。"从高山来到平原，来来来，你拉卷尺，我画线。"三门公司海游供电所工作人员来到新村，与那里的村干部一起丈量新村的变压器配电房选址。

里田湾村旧址位于三门县海游镇高山上，共有居民123户，山上只有一条进村的公路；村民都住得很分散，从这个山头到那个山头都靠步行，交通极不便。近年来，里田湾村响应国家有关高山移民的政策，规划全村迁移到县城西区。

三门供电公司于2010年派驻了指导员到该村进行工作。电力指导员到该村后，迅速组织科室人员到新小区进行了用电勘察；通过积极争取新农村建设项目，筹措电力建设资金，并第一时间搭接了临时用电，让村民浇铸水泥、打基础时都能用上电。

如今，走进位于西区的新村，一排排笔直的电线杆矗立在宽阔的村道旁，村民们的所有房子都已经完成了大半的建设，电力部门早在新村建成前就已经完成全部线路的架设。这几天，为了帮村里节约土地，谢建华牵头将配电房设计在村里一块闲置的土地上，并找来电力线路方面的专家帮忙现场踏勘变压器房的设计与高压线路的间隔距离。

电力指导员说："高山移民进新村是一件实实在在的惠民工程，我们供电部门一定会大力支持。"提起他们的驻村指导员，该村支部书记叶未永满是感激："电力指导员把里田湾村的事当成了自己的份内事，与镇政府工作人员一起，专门就移民工程上门沟通，主动做好建设的衔接配合工作，这才有了我们如此快的建设步伐。"

这一系列的便民惠民措施收到了良好的社会效果，

该公司党群部提出了构想：林海伟共产党员服务队正在筹划成立中，将在蛇蟠岛设立一个爱岗敬业的教育基地。

正如这几年蛇蟠岛上电网日新月异的发展一样，三门县的电网建设也是成绩斐然。一系列省级重点工程项目的落户和上马，既是挑战，也是机遇。

2017年6月15日，三门县供电公司工作人员来到横渡镇外滩涂，为即将开工的光伏发电项目进行线路现场勘查设计。三门是未来的华东电力城，这里，一批绿色能源新项目的建设正在如火如荼地展开，核电、火电、风电、潮汐电、光伏电多能源齐头并进，多元互补，一个崭新的绿色能源谷正在加速形成。

电力能源产业是三门县“十三五”时期最具优势的战略性支柱产业。该县在打造清洁能源基地过程中，始终把环保理念贯穿在其中，多电并举构筑绿色电力。三门具有发展多种电力的天然条件，经专家勘测，境内电力项目终期装机容量可达2000余万千瓦。

目前总投资1200亿元、采用全球领先AP1000第三代核电技术的三门核电 1 号机组已基本完成主设备安装，进入调试阶段；总投资 83.7 亿元的浙能台州第二发电厂一期两台 100 万千瓦机组已经投运；投资 6.6 亿元的中广核龙母山风电场项目开工建设；投资 10 亿元的渔光互补发电项目顺利落户即将动工。

目前三门县正借助国家发展绿色能源产业的政策机遇，加快核电一期投产发电，争取核电、火电二期审批落地，利用全球最领先的第三代核电技术，打造国家核电及关联产业的品牌基地。

提前介入，新能源项目早行动

光伏发电作为一种主要的清洁、绿色能源，是东部地区未来能源的重要选择之一。不久前，三门县成功引进江苏迪盛四联新能源有限公司的渔光互补光伏电站项目。该项目位于横渡镇，总投资为 9 亿元，占地 3000 亩，利用未开发的滩涂地同时进行渔业养殖和光伏发电，建成后年均发电量为 10000 万度。

三门供电公司充分掌握滩涂周边电网线路情况及多个用电客户用电情况，协调解决光伏并网过程中存在的用电困难和问题，帮助其实现项目早批复、早建设、早投产。了解客户施工电源用电需求，为客户提供政策指导、技术咨询等服务，为光伏发电安全并网打下了坚实基础。

接力服务火电，核电项目早投产

经过近 3 年的建设，2015 年我国首台 105 万千瓦全概念超低排放燃煤火电机组——浙能台州第二发电工程 1 号机组正式投产发电。完成 35 千伏变电站施工、完成火电 592 线的线路施工、成立火电专线保电小分队，这一组组的施工计划，凝聚了无数三门电力人接力支持火电项目的辛勤汗水。

早在火电项目落户里浦前，三门供电公司主动与乡镇、项目指挥部加强沟通，对里浦、健跳供电区内的 592 火电专线实施全过程跟踪服务，优先安排人、财、物资源，提高报装受理速度和服务水平，在两个营业厅开辟了重点工程“绿色通道”，指定业务能力强的客户经理专门负责用电报装业务，使重点项目尽早投产。

500 千伏三门核电送出工程，总投资 4.3 亿元，是三门核电外送能源的唯一电力通道。沿线涉及滩涂、山地、民房、山林等，施工情况复杂。作为工程属地管理单位，三门县供电公司派出基建部富有经验的老师傅，常年在施工现场协调处理施工遇到的问题，一年内完成了施工任务。

缩短工期，促成风能早施工

中广核三门龙母山风电场位于三门县湫水山、龙母山山脊一带。该项目拟安装37台单机容量2000千瓦的风电机组，总装机容量为7.4万千瓦，并配套新建一座110千伏升压站，总投资约6.8亿元。

三门县供电公司接到送出风电场110千伏线路工程施工任务后，仅仅用3个月时间就取得了县发改委核准批复，并开辟绿色通道提前纳入省公司电力项目计划，为项目开工赢得了时间。目前，已经完成7基铁塔的施工，完成总工程量的100%，并安排专人负责项目的全程跟进。

正是有了这里的服务力度，才有了三门这座华东电力新城蓬勃崛起的发展势头，三门电力人将以更加饱满的姿态和热情，书写服务五电齐发的绿色能源谷建设的华丽篇章。

《三亲法》《三严法》安全管理模式在基层一线推广

安全管理是电力永恒的话题，是企业发展的生命线。如何抓好企业的安全管理，直接关系到企业的可持续发展。走进蛇蟠电管站，迎面而来的是一面巨大的幸福墙。

蛇蟠电管站目前租住在码头上一户人家的三层小楼里。尽管条件简陋，但安全活动从不马虎对待，该有的程序一个都不能少走。对安全负责，就是对生命负责。25 年来，林海伟管辖的区域实现了安全生产零事故，他本人也被评为安全生产标兵和模范。

这得益于三门县供电有限公司在基层一线推广《三亲法》和《三严法》刚柔并济的管理手段。不断探索安全管理优化提升，持续推进健全安全管理长效机制建设，以创新工作为思路，实施了“三亲法”柔性安全管理教育模式以及“三严法”刚性安全管理实践模式，全面促进安全管理水平的提高。截止到2018年1月，该公司安全生产日达到了6125天。

“三亲”法安全管理就是指：亲子、亲夫、亲父；将亲情感化渗透到职工的日常工作中来，借助企业、家庭强强联手的力量，逐步形成单位、家庭、个人三位一体的安全教育网络，营造一种亲和的氛围，促使职工从“要我安全”到“我要安全”的根本安全意识转变。安全父母亲子教育——儿安全、母无忧，让慈祥和蔼的父母，谈谈关切孩子安全的心情；安全妻子亲夫教育——夫安全、妻安心，让温柔贤惠的妻子，诉说夫妻安全团聚的喜悦。安全儿女亲父教育——父安全、子幸福，让天真可爱的儿女，表达有父爱呵护的甜美。

——在企业基层供电所安全宣传窗里

宣传的内容不再是单一的《安规》、安全简报等，而是张贴了一幅幅全家福：有温馨的三口之家，也有幸福的四世同堂。这是公司在基层一线逐渐推广的“三亲法”之“幸福墙”。

这样一个无言的载体，深深地增加了职工的安全生产责任感，使职工在日常工作中，无时无刻不意识到“我是家庭的经济支柱”、“老婆孩子离不开我”、“出了事故害人又害己……”等，这样能促使职工从心坎里牢记自己肩负的责任，增强遵章守纪的自觉性和主动性，时时刻刻做到“四不伤害”。

——不定期举行“三亲法”主题安全活动，邀请职工家属参加，送上了温馨的亲情寄语，使安全活动气氛温馨而热烈，全力营造“没有安全，就没有家庭幸福；没有安全，就没有职工生命健康”的浓厚亲情氛围。

——为突出“三亲法”亲情感化和耳濡目染的作用，公司充分利用了标语、牌版、电子大屏幕等途径，形成了企业、工区、班组、施工现场连线的、全过程的、全方位的、全身心的亲情教育网络，每时每刻提醒职工注意安全。个人安全工器具室有全家福照片和亲情寄语；办公大楼有亲情安全警语、亲情安全文化走廊；形成时时、处处、人人讲安全，人人重视安全的浓厚氛围，使职工从安全图版前经过时，看到亲人的安全寄语时，自然想到自己的妻子和家人对自己的亲切叮咛，促使职工自己时刻牢记自己写的安全警句和安全承诺。

——公司将职工安全的重要性和平日工作的辛苦讲给家属听，一起观看现场作业录像，会后邀请家属们参观安全工器具室，请家属们在日常生活中多给予职工关心，在工作中多给予理解和支持。座谈会上，职工家属踊跃发言讲安全，嘱咐职工时刻注意安全，让职工在工作中时刻紧绷安全弦。形成“家庭与企业联动”的双向管理模式，形成了安全教育管理与家庭关心支持的合力，效果明显。

——倡导生产一线人员在每日开工前，用一分钟想一想今天做什么，用一分钟想一想怎样做，完工了再用一分钟想一想做得怎么样。通过“岗位三分钟”的思考，做到工作前有准备、工作中有落实、工作后有改进，保证现场安全措施不走样，杜绝习惯性违章行为。

通过“三亲法”亲情安全教育管理模式的探索与实践，企业职工的自我安全意识得到了大幅度的提高。把关心人、理解人、尊重人、爱护人作为安全教育管理的新方法、新途径，较好地传播到企业职工队伍中去，进而达到了启发人、教育人、提高人、约束人的目的；同时也使企业找准了服务职工群众的切入点，为职工群众切实解决了生产生活上的问题，使职工群众与企业之间也牢牢树立了亲情理念，促进了职工的内心和谐，充分调动了职工的生产积极性，对安全生产平稳发展和各项安全管理工作的开展具有一定的借鉴意义。

“三严”安全管理就是指：态度严肃，工作严谨，纪律严明。结合公司当前员工思想变化和安全管理工作实际，分别从态度、工作和纪律三方面入手，通过多元化举措，消除安全生产工作中的不良效应，提升安全生产的凝聚力、承载力和执行力。

反违章、查隐患、防事故需要铁面无私的“零容忍”安全态度。安全态度决定安全行为。公司员工在安全管理工作中必须要有严肃认真的安全态度，这样在处理问题、协调工作时才能提高效率，才能确保各项工作不出现责任缺失，才能进一步完善作业流程、降低安全风险，最终促进全员改变安全态度，从“他律”转化为“自律”，以达到增强队伍整体凝聚力的目的。

任何事物的发展变化都有一个从量变到质变的过程，安全事故的发生也是如此，从这个意义上说，任何一个小小的隐患都有可能演变成大事故。公司员工只有加深对“安全来自严谨、细节决定成败”的理解，加强自身严谨细致工作作风的培养；只有在工作中严谨细致，深入分析，防微杜渐，将违章、异常、隐患消灭在萌芽状态，才能规避安全风险，提高安全管理水平。

公司安全管理基础的夯实，离不开公司全员的整体合力——执行力来保证，而纪律严明作为保证执行力的先决条件，其作用是至关重要的。公司以严明公正的纪律来要求、约束员工；以严格的考核作为纪律严明的抓手。

公司建立《生产作业现场领导干部和管理人员到岗到位规定工作指导意见》《公司领导带队周安全稽查制度》《月度安全管理动态指标考核情况通报》等制度，推进“三严”安全管理工作；并不定期举行三严讨论座谈会。公司领导及相关职能部门人员分头参与到部分基层部门的讨论，全面落实领导干部及管理人员的率先垂范、以身作则、发挥表率的作用。

——为营造“三严”安全管理教育“严”字当头的高压态势，公司充分利用了标语、展版、电子大屏幕、工作牌、手机短信等途径，尽最大努力做到工作时有“三严”短信提醒、办公地点有“三严”安全标语、阅览室有“三严”安全文化走廊、工具间有“三严”

警示格言。通过一系列举措，给员工造成视觉冲击，形成从“视觉冲击→感性认识→思想转变→行为引导→安全生产”的安全文化链。

——开设了安全教育室，对各类违章人员和各项安全制度没有得到很好执行的人员进行安全教育学习。安全教育室由图文展示、实物展示、视频教育、紧急救护培训等四个功能区域组成；内容涵盖安全文化、事故案例、安全技能、安全心理、安全规程、安全用具等。通过学习，各违章人员提高了安全意识和安全技能，有效地遏制了违章重复发生。

——在当前智能手机普遍应用的情况下，公司“三严”安全管理教育也不断适应新的形势，积极依靠科技手段，组建“三严”安全管理微信群。微信群成员囊括外协队伍，要求各部门在微信群中宣贯、传达上级安全管理相关文件，沟通、协调、跟踪、解决日常安全管理工作中发现的问题，交流分享安全管理方面的好做法和经验。以点成线、以线成面来营造安全生产的良好凝聚氛围，进而推动安全管理工作的深入开展。

——在公司网站开辟“违章曝光栏”，各基层站所和生产一线部门建立“违章曝光台”。公司安监部给每位员工都建立了一份违章档案，定期对有违章行为的员工进行曝光。通过照片曝光现场作业人员的违章行为，有利于督促各级安全生产人员，加强安全职责，提高管理水平，主动查找各类安全隐患，努力减少违章曝光次数，避免同类隐患再次出现。“违章曝光栏”、“违章曝光台”使违章当事人受到教育的同时，也起到良好的警示作用，促使员工规范自己的安全行为，在企业内部形成“安全光荣，违章可耻”的良好风尚，促进公司安全生产健康有序发展。

通过“三严法”刚性安全管理实践模式的探索与实践，在一定程度上打破了当前公司安全管理工作中存在的不良效应；改正了以往员工在安全生产工作上的“歪风邪气”，端正了员工对安全生产工作的安全态度，培养了员工对待安全生产工作的严谨作风，提高了组织纪律的执行能力，使得安全管理工作的凝聚力、承载力和执行力均有了不同程度的提高，公司稳定的基础更加扎实。

在电力安全生产的亮点不断创新的基础上，三门供电公司秉承“事后控制不如事中控制，事中控制不如事前控制”的管理理念。

1 元事前预防=5 元事后投资，这是安全经济学的基本定量规律，也是指导安全经济活动的重要基础，同时也告诉我们：预防性的“投入产出比”大大高于事故整改的“产出比”。工业实践安全效益的“金字塔法则”也告诉我们：设计时考虑 1 分的安全性，相当于加工和制造时的 10 分安全性效果，而能达到运行或投产时的 1000 分安全性效果。

安全管理中，预防性投入的效果大大优于事后型整改效果。这就要求在我们的安全生产管理中，是要谋事在先，尊重科学，探索规律，采取有效的事前控制措施，防患于未然，将事故消灭在萌芽状态。在实际工作中，要综合运用行政、经济、法制手段，由被动整改向主动抓管理、抓基层、抓基础转变；由阶段性安全生产专项整治及突击式安全检查向长期性规范化、经常化、制度化安全监管转变；由注重事后查处向注重事前防范转变；由事后的被动经验管理向事前主动预防管理转变；由以控制事故为主向全面做好职业安全健康工作转变，切实推动安全管理工作重点下移、关口前移，加强事前防范，提高工作的前瞻性。

安全生产工作，是一个系统工程，需要各个部门通力合作，才能完成。依靠一个个岗位敬业，一个个环节畅通，才能实现。安全连着你我他，要时时善意提醒，及时纠正违章行为，帮助别人，其实就是帮助自己，只有零违章，零缺陷，才能零事故。

心，属海岛

谁在一浅滩涂里
轻轻点点架起线条
谁从千年雕刻的岩洞里
捞出精神瑰宝

湿漉漉，尘封着
只有守望的气息
从旷野边缘蔓延
翻越陆地、码头
跨过宽阔的洋面
直至海天相间的苍穹

是你，用忘却年轮的单调

写下一首紧凑着25载的丰盈诗行

这是一首小诗

一双宽厚的铁肩膀

挑起道和义

没有神器

没有怨劳

只有铁锤、扳手、绝缘子、横担、导线

叮叮当当

把平钝的岁月敲打成

“螺丝钉”般的发亮发光

这是一首情诗

小蛇、山前、中南、野人洞、海盗村……

摩托车的轱辘转动

颠簸飘摇

是你全部的家当

载着你检阅全岛

哪里有用电的故障

你就像天使抖露着翅膀

飞向最有需要的地方

这是一个与百姓约定的信号

养殖户的生命线在这里

你也在这里

这是一首组诗

你不是一个孤独的拼搏者

全县上下、乡镇街道一起合奏着

同步进行、步调一致、阔步向前

强大的磁场

挑动我共振的频率

而未来，会继续

扎根这片海岛

人们只有在陆上仰望

有一种语言，朴实低扬

却暖人暖心，让人热泪盈眶

有一种格调，韵律简朴

却曲真意切，照亮一屿一岛

采访后记：遇见光　遇见林海伟

由于养殖户和居民住得都比较分散，加上道路狭窄崎岖，如果出现电力故障，无论白天黑夜，林海伟就骑着摩托车赶去抢修，有时不能骑的山路还要徒步行走好几个小时。

关于蛇蟠岛的命名，有一个大龙和小蛇的传说。因为蛇蟠岛的岛形走势蜿蜒，像一条静静的卧龙，横盘在三门湾口，相传古时代叫龙盘岛。这是一个霸气威武的名字，不知道被哪个朝代的皇帝听到，他不屑地说，天上飞的九五至尊才是龙，这样的穷乡僻壤，最多是小蛇。于是，就更名为蛇蟠岛。

来到蛇蟠岛旅游的人大多是冲着“国内唯一的海盗主题历史景区”的盛名，上岛后一般会去“野人谷”、“海盗村”两个景区游览。蛇蟠岛最早是因为盛产石料而出名，上海的城隍庙、杭州的灵隐寺都能找到蛇蟠石，后来石材开采得差不多了，留下的1300多个洞穴就成了海盗们的天然藏身地，直到1955年前后海盗们才销声匿迹。

现在，这个岛上大部分的居民以养殖海鲜为生，近几年又逐渐办起了旅游业。蛇蟠岛的面积不小，与澳门相当。

“世上有朵美丽的花，那是青春吐芳华。铮铮硬骨绽花开，漓漓鲜血染红它。”林海伟把自己的青春芳华献给了海岛，能带走的只有逝去的时光，能留下的才是一步一个脚印。

蛇蟠岛是三门的一张名片，它的独特地理位置和岛上的岩洞风光是独一无二的。外地的游客到了三门，第一站大多会选择奔赴蛇蟠岛观光。海伟觉得自己能在这岛上服务，为大家做点力所能及的事情，是幸运的。他愿意助力当地政府将之打造成金名片；当悠悠岁月里的“摆渡人”，迎来送往，不断为海岛未来的发展增光添彩。

林海伟是一名合格的共产党人，在海岛上历经 25 年的海风吹袭，古铜色的肤色是他的标配。他前额宽广而两颊饱满，整张脸看上去是国字型；个子中等，肩膀宽广，一副敦实憨厚容易接近的和蔼可亲模样。他的神情总是浅浅地不好意思地笑着，一肩背着电工包，一手自然地垂在一边，走起路来像一个雄赳赳的士兵般步履整齐，随时准备投入到工作中去。同时，他的一双眼睛，那样纯净明亮。“生年不满百，常怀千岁忧。”对电力工作的全心灌注，使他的双鬓过早地增添了白发。

林海伟的事迹被报道出来后，在三门民间形成了一场“立足岗位做贡献”的大讨论。大家纷纷认为这是正

为消除蛇蟠岛上电力线路私拉乱接现象，几年来，林海伟跑遍了全乡600多口近19000亩养殖塘，排除养殖设备不安全隐患不计其数，及时为渔民解决用电故障等问题。

能量，这是螺丝钉精神的沿袭，是雷锋精神为人民服务在新时代的生根开花。螺丝钉精神出自于上个世纪60年代。有一次，雷锋到县机械厂开会。在场的张书记问大家如果机床上少了一颗螺丝钉，机床还会不会转动。大家摇头说不会。张书记又说：“你瞧，一个小小的螺丝钉，机器上少了它可不行！就像你这个公务员，别看职务不高，我们的工作缺了你也不行。所以，党把我们的工作放在哪里，就要在哪里起作用。”从此，雷锋就把这句话记在了日记本上，也记在了心里。

为保障养殖户、渔民、居民的安全用电，林海伟一有时间就挨家挨户走访，经常出现在码头上、渔船上、养殖塘边，为他们耐心讲解和宣传安全用电知识。

而在当代，人们接受的信息和承认的价值观更加多元化。什么叫人生呢？什么是人生追求的意义？人生的价值到底该体现在哪里？到底还要不要奉行这样毫不利己、专门利人的处世原则？有人会说傻，有人会说累，还有人会泼冷水，觉得一切都过时了。——但，总有人不一样，他就这样毫无怨言做着自己认定的事，他的一腔热血改变了很多人的看法。

假如我们没有设身处地地站在他的立场，经历过一些人和事，那么我们不会有这么深的感慨和触动。我不禁回忆起我和他的第一次见面。那应该是十年前，我被派到蛇蟠去采访海底电缆的建设情况；刚上了码头，还没有从大海浪里晕船中缓过劲来，就被坝上一辆辆满载水产的货车再次搅翻了胃液。海岛真的不是一般的人呆得牢的，汽油味掺杂着海腥味，一路上到处都是收海产品的货车，在人海车流里我迷失了方向感。当我掩面询问老百姓知不知道海底电缆相关信息时，围观的人同时指向正在养殖塘里修设备的一个人说，电网先别采访，先去采访一个好人、热心人，没有他，就没有蛇蟠岛养殖业如今这样火热的场面。对了，这就是那天我要找的这个人，就这样，我第一次被带到林海伟面前，也可以说林海伟第一次被带到我面前。

那时候的蛇蟠岛交通很闭塞，有几个小村子的人还住在石头房里。西汉思想家、文学家刘安编著的《淮南子》中有一篇《汜论训》，讲了人类社会发展的一些情况。文章中写道：我们的祖先早先住在山洞里和水旁边，衣着非常简陋，生活十分艰苦。后来出了贤人，他们带领人们建造宫室，这样人们才从山洞里走出来，住进了可以躲避风雨寒暑的房子。贤人又教人们制造农具和兵器，用来耕作和捕杀猛兽，使人们的生活比过去有了保障。

古代的圣贤，他们对自己的要求很高，把为众人谋福利当作自己的使命。这就是推动了社会向前发展的动力。那么到了现代，我们的社会也需要这样的人出现。如果你是一名人民警察，就该全力维护这社会秩序；如果你是一名医生，就该以挽救别人的生命为使命；如果你是一个消防员，就要尽心尽责扑灭火灾，保障生命财产安全。特别是偏僻的海岛上，当你觉得无助的时候，这时候你多希望有一盏明灯照亮前行的路。那年，是2008年的年底，蛇蟠海岛上还有最后的居民住在洞窟里，林海伟为他们装上了电灯。后来他们搬迁出来住上了水泥结构的新房，林海伟又第一时间接通新房的电源。再后来，大家搞起了大规模海水养殖，海伟更是闲不住了，成了塘头设备维修的一把好手。

每一份职业就像千百条来自不同源头的江河，最后都会归流入大海一样，各人做的事不同，但都是为了求得更好地治理社会，过更美好的生活。决定人们行为的不仅仅是多高的境界和多规范的行为准则，而仅仅是一种简简单单的为了大家，愿意付出自己的时间和耐心。

如果用蛇蟠洋面的一种工具形容林海伟，那他就是船锚。在船舶需要停靠的时候，锚总是将身躯深深扎进泥土里，与海洋的底座融为一体。扎根基层，他是不怕埋没自己的。当人们看不见船锚的时候，正是它在默默用尽心力为他人服务的时候。

做老实人，说老实话，干老实事，就是实事求是。牡丹花好空入目，枣花虽小结实成。一年又一年，一步一个脚印，林海伟说：未来的路很长，我还可以付出更多，并将继续在这片海岛上耕耘。

千百年来，中华民族一直秉承“敬业乐道”“忠于职守”的优良传统。传统文化里对“敬业乐道”应具有的涵养都有释义。孔子就留下了“执事敬”、“修己以敬”等话语，主张人在一生中始终要勤奋、干事，修身以敬业；荀子也说“凡百事之成也，必在敬之”；宋代大学问家朱熹曾解释道，“敬业”就是“专心致志以事其业”，林海伟骨子里就是这样一个传统的人，没有豪言壮语，却永远秉持着以德服众的心。即用一种恭敬严肃的态度对待自己的工作，认真负责，一心一意，精益求精。

如果用岛上的一种物质来形容林海伟的坚守，那么就非石窗莫属。蛇蟠的石窗，折射出超越时空的凝固之美。亿万年前，默默无语的岩浆奔流不息于地底，灼热而美丽。它们的生命本源之美在第一次面对地面世界时骤然凝固，光的出现让它们惊艳了时空。历经千劫，无缘补天的石头，等来了平凡却自有创造力的自然神力。顽石通灵，石头们再次融化，奔流于世间的心手之间，将各种生命形态之美凝固成一扇扇石窗，用来装饰了别人的梦。

由于是孤岛，蛇蟠岛的电力线路经常受台风等自然灾害破坏，倒杆断线事故时有发生。林海伟总是第一时间出现在故障点，电线杆上他那坚挺的身影在岛上每一个百姓心中留下了深刻的印象。

何为敬业？若照字义拆开，就是“敬重并热衷于事业”。这点是相当重要的。在论述“敬重”之前，不妨先谈谈“事业”。字典中的“业”为从事的工作，但“业”并非一个工作这么简单，它还是一场对自身的试炼，是作为“人”存在于世间的义务。

我曾听别人讲过这样一个故事：一些有名望的老中

医，在将自己的毕生所学教会给弟子后，在满师时，要另外送两件礼物——一把雨伞和一盏灯笼给弟子。

这两样东西表达了什么意思呢？如果在每天八小时工作制的弟子那里永远用不到。只有勤快的弟子们在以后的行医过程中，用到了这两样东西。——原来师傅送这些的意思是教育弟子看病要风雨无阻，昼夜不分。下雨天要带伞冒着雨去访病问苦，漆黑深夜要打着灯笼治病救人。

每个登过蛇蟠岛海盗村的人，当你爬到制高点，登上碣石山顶，居高临海俯瞰，视野寥廓，大海的壮阔景象尽收眼底。一潭潭碧绿的洞窟水，像翡翠般晶莹剔透，那是海岛的水源地，从不会干涸。林海伟也就是那海岛上水源地的分支，护着这一方水土的安全。

大公无私，指办事公正，没有私心。这是一个共产党员必须具备的基本素质和情怀，现多指从集体利益出发，毫无个人计较的“小算盘”。“欲事立，须是心立。”思想是行动的先导。坚定地树立为他人服务的意识，铸造忠诚品格，必须有一颗柔软的心。林海伟为什么能坚守岗位 25 年如一日，是因为在日常工作中，能被普通老百姓的疾苦所感动，所触动，觉得我以一己之长，能为人人做些什么。

“勺水渐积成沧海，拳石频移作泰山。”从经年累月的潜心服务、到滴水汇聚成海的累积，再到拳头大小的石头移动成高山，人们取得的累累硕果背后，都历经了一番煅烧、冶炼的过程。

谁都不可能随随便便就把一件事做到极致，但贵在坚持，总有水到渠成的那一天。林海伟刚上海岛的时候，仅仅是因为工作上的分配。如果给他分配到一个普通的陆地村庄，相信他一定会是一个合格的村电工。而，这是一种缘分和归属。既然他属于海岛，也让他有了特殊的地理位置，需要付出和克服比常人难以想象的艰难。他做到了一般人做不到的勤恳，这就是他的可贵。

大木百寻，根积深也；沧海万仞，众流成也；渊智达洞，累学之功也。——大树高达千尺，是因为它的根须扎得极深；沧海深难测底，是因为千条江河汇积而成；智者事事通达洞明，是他长年积累知识的功效。打下扎实的群众基础，才能枝繁叶茂，生生不息。

林海伟的工作很平凡，没有惊涛骇浪，有的只是细水长流。天下难事必作于易，天下大事必作于细，却是势如涌泉，润泽心田。

在那些养殖塘静静悠悠的时光里，海伟回忆起过去，他觉得第一年，最不习惯。在忙活完手头的工作后，看着白茫茫的海水发呆，他在这头，新婚的妻子在那头。每当夜色渐暗，码头的人群都走光，他会朝着家的方向凝望。

后来，越来越忙碌的工作节奏，使他没有更多的时间和精力来怀念过去陆上那些便捷的生活。他给自己的人生做了一个初步的定位——既然来了，就好好干，不要想着离开海岛。

海岛的阴天，空气里都是大海湿润的气息。当海伟开着摩托车，看着一树一树的花朵在道路两旁，向身后闪去，内心就会觉得很知足。路过石头的房子，有三三两两补网的渔人，他会将摩托车熄火停靠，和他们聊聊今年塘里的收获和农家乐经营的情况。

一年四季，这些花朵仿佛黑暗中的火光，给人希望。就像一颗棉花的种子，离开了家乡，随风吹到了海岛上，在一片盐碱地上，就这样落了户。从刚开始的心里没底，到现在的习以为常，棉花开了一茬又一茬，一个无悔初心的选择，坚持了就是一辈子。而一天天满负荷的工作后，自己学到的电力技术能帮助到许多人，带来的那种满足感也是支撑自己的动力。

一年，十年，二十年，海岛的夜晚是寂静的，天空明亮又剔透，能看到海鸟飞过的痕迹。一轮圆月从海上升起，高高挂在头顶，月亮此时仍在为天空值守，海伟也还在电管站值班。白天跑村里的施工，晚上就在办公室电脑前做台账资料，排好明天的施工计划表，还有一些作业危险点也要交代清楚。

月光洋洋洒洒照亮别人的背后，是一种爱着世间万物的豪情万丈。作家汪曾祺说过一段话：爱，是一件非专业的事情，不是本事，不是能力，是花木那样的生长，有一份对光阴和季节的钟情和执着。一定要爱着点什么，它让我们变得坚韧、宽容、充盈。确实，追寻林海伟这么多年生活的轨迹和足迹，那就是爱着海岛的一草一木，并愿意为之付出，为之操劳。

积水成渊，那么多岁月积聚在里面，谁说得清楚呢？里面的酸甜苦辣只有自己知道。25 年，是 9100 多个日日夜夜，一组一组缓慢的镜头，慢下来但不会停顿成静止。很多时候，只有小部分是属于自己的时间，但海伟一直觉得自己是幸福的。

同时，林海伟也是操劳的，他对自己认定的事情，从来都是持之以恒做到最好。这一点，也正是很多岛外的人，难以理解他的地方。曾经有人问他，海伟你这么傻傻地呆在那岛上干吗？现在海岛电网建设得这么好，可以回来享享清福。那么，海伟总是笑着不语，他有自己丰富的内心世界，不需要言语的作答。其实古今中外，对自己内心世界的追求，能够超越一切平凡，道理相通。

德国诗人荷尔德林曾在他的诗中也曾不停追问：“倘若生活乃全然之劳累，人可否抬望眼，仰天而问：

‘我甘愿这样’?”

然后诗人的回答让人顿失疑惑：“人类充满劳绩，但还诗意地安居于这片大地之上。”想来，正是因为他心中充满这样的诗意，所以再大的付出也不过是生活的积淀和铺垫，甚至在记忆中不做停留，而只留“诗意”和“美好”。

当然，任何的语言和文字都是难以把一切现象表达清楚的。有时候，你只需要跟在他的身后，他仅仅是一个下意识的动作，就会知道他是怎么样一路走来。走进海伟日常的工作节奏里，最能高度概括的两个词应该是“繁忙”和“琐碎”。用电客户经理的职责是定期对海岛所辖的高、低压线路和设备等进行巡视、检查和维修，保证安全运行，并做好10千伏及以上线路的巡视，对用电故障进行排除，及时恢复供电。以前只是农户和养殖户家的各项用电，现在沿海高速公路将在蛇蟠设置一个出口，海伟的管辖范围就更广了。这些事情又是琐碎的，东家的电灯不亮了，西家的漏电保护器跳闸了，需要耐心地一件一件处理。海岛的雨水滋润，野草疯长，特别容易缠绕在电线和变压器上；海岛的风又挟带着腐蚀性，每个月维护变压器台区也是一项苦力活。面对这些，一般的人早就焦头烂额了，但林海伟没有着急上火的时候，他一边拔草，一边接听电话，今天做不完的事情，明天接着做，晴天干不完的事，下雨天加班加点接着干。

“天视自我民视，天听自我民听。”上天所看到的来自于我们老百姓所看到的，上天所听到的来自于我们老百姓所听到的。对共产党员来说，要把人民拥护不拥护、赞成不赞成、高兴不高兴、答应不答应作为衡量一切工作得失的根本标准。

回顾人生漫长的道路，有多少人曾经有“仗剑走天涯”的梦想。不愿意呆在一个固定不变的地方，不愿意过一成不变的生活。不为繁华易匠心，不为世事变真情。在这些平凡瞬间的叠加中，就在这些忙碌时光的流逝中，就在供区老百姓的笑脸中，林海伟从二十几岁的毛头小伙子步入知天命之年。不断成长，不断收获，不断充实自己，每一项电力工程的完成就是一次进步，每一次保供电活动的圆满完成就是交上完美答卷，每一次抢修排除故障就是服务在最前沿……在每一次的成长和进步中，他愿做一颗小小火星，虽微弱却努力燃烧自己，绽放光芒。

无论去哪儿，无论身在何处，带上自己的阳光与温暖吧。安然行走乡间，安静守候。认识他的人，都会觉得林海伟特别好说话，从不指责身边的人。用感性的说法，他是一个内心特别柔软的人，在光阴荏苒里，感受他的温和谦逊，他敬重身边的一切。他的身上仿佛带着光，走到哪里都能照亮别人的心境。

二十五年的坚守，是一种选择，无关其他。

2017 年岁末，为了此书的出版，我又登上海岛，希望能以更加全面的视觉，来展现和还原林海伟在海岛上的一切。十年过去了，海岛的码头变了模样，地上的电线杆全部不见了，代之而起的是一幢幢外观古朴的别墅。原来在海伟的建议下，当地投资 1000 多万元，进行了渔光曲路等的电缆入地改造。十年过去了，海岛变了模样，但林海伟的好口碑没有变，老百姓对他还是继续竖起大拇指，诚心点赞。人们不会厌倦你，因为你初心不改，因为你的这份情意有增无减。

采访结束的时候，正是农历新年前夕，那天我起身告别海伟，我记得是1月31日。一早，蛇蟠海岛上纷纷扬扬飘起了雪花，这场雪来得毫无预兆，气温一下子降到了零度以下。

海岛的气温比陆地要低，风力又大，海伟和他的团队仍然顶风冒雪奔波在一线。他们一会儿来到现代化水产养殖场的钢化大棚里，一会儿又到建设中的沿海高速工地上，又或者到每个对虾养殖户的塘里看供电设施。

早上七点多，林海伟就接到环湾水产养殖公司负责人的电话，他们养殖场过冬的钢化大棚里有一个配电箱需要更换。林海伟赶到那里，那是一个有着300多亩养殖面积的现代化伞状钢化大棚，主要养殖过冬的海鲜，有对虾、蟹类和贝壳类。充足的电力供应，让水池里的海鲜们自由自在地畅游。眼看着钢棚外的雪越下越大，棚里却是温暖如春。厂里的负责人怕用电负荷太高，要求将老旧的设备更换。林海伟他们带上装备，及时为水产公司更换好配电箱后，随后又到配电房进行电机的应急启动，模拟了停电状态下线路切换功能，看看用户的自备柴油发电机是否准备妥当。

快接近中午的时候，沿海高速三门湾大桥施工段的电工给电管站打来电话，要求把该区域 29 标段的临时用电和表计拆除。沿海高速位于三门境内全长 37. 34 公里，途经蛇蟠起点，有一个出口服务站在建设。保障该高速公路蛇蟠洋大桥建设施工用电的任务就落在了林海伟身上。当天要去施工的一个点位于大桥接龙处，靠近宁海方向。由于车子不能到达，只能步行通过桥上。桥面上全部都是泥泞的塘泥，桥体就是简单的钢板，一个个窟窿眼里能看到下面流动的海水；桥面上有些许的积雪，还有些打滑。大家深一脚浅一脚往大桥的中间走去。在这冰天雪地里，拆除表计是个力气活，经过近两个小时的拆除，林海伟早已经累得满头大汗。但他们也顾不上擦去汗水，又对各个点的变压器进行巡视，以确保寒潮期间的施工可靠用电和人员住宿点生活取暖用电。当得到肯定的答案后，林海伟奔赴下一站——养殖户的养殖塘里。

在位于山前村的养殖塘里，白鹭群飞；芦苇丛里、塘里到处都是抓蛏子的人，一派和谐的自然景象。海岛就是这样宁静，又处处充满劳动的生机。等这里的蛏子抓完后，要利用电动机将闸门里的水放进来。这样关键的气候里，电动机可不能罢工。林海伟拿起梯子对配电箱进行了检测，将闸门电动机检修好，并对增氧设备进行了试发。回电管站的路上，他又顺便到小蛇村沿路查看了10千伏线路，看看有没有线路覆冰的情况，所幸，今天的雪夹杂着小雨，在半空就融化了，对电网造成的危害不大。林海伟这才安心开始做午饭，并开始安排下午到山上一些移动基站的巡视工作。

午饭是很简单的，他在服务站给大家下面条吃；二楼翻晒着他自己换洗的衣裤。一个男人除了忙工作，还要做其他事情，把自己照顾得很好。

我问他为什么做饭的手艺这么好？他回答说是练出来的。夏天的时候，吃饭是最不方便的，自己干活回来，流了一天的汗，全身都是汗酸味，走到外面的食堂

合影

里吃饭，影响别人用餐，难为情。有时候就买点面干，下面条吃，久而久之，做饭下面条的手艺就好了。

天快黑的时候，我起身告别，说我要回家过年和家人团聚了，问他今年过年有什么打算。这时，他压低声音告诉我，以前小孩只有一个的时候，妻子会带着女儿一起到岛上过年，现在小女儿出生后，一家四口住不下。最近的11年，就再也无法团聚了。

再加上今年气候是极寒，他是越来越离不开海岛了，过年正是旅游旺季，外面打工村民回来了，空调开了，用电量升上去，大家对电能质量的要求越来越高了。

我们相逢在年初，我们告别在岁末。在海岛苍茫的夜色中，越来越多的汽车亮着大灯通过关口。像我这个过客一样，在一天短暂的停留后，离开海岛，返回陆地。只是，海伟的海岛生活还将继续，书写着下一个美好坚守的不凡篇章。

（本书的出版，得到了国网台州供电公司、三门县委宣传部、三门县文联等单位和张林忠、方勇的大力支持，在此表示感谢。）

附　录

从螺丝钉的精神到螺丝帽的安全

安监部　彭子尧

入职两年，我已经算不上是一个新人了，要掌握的东西已经基本掌握了，该遇到的事情也差不多遇到过了，但很多时候还是会做梦，就像小时候会做梦自己是超人，是救世主，是神明，然后慢慢的，这些梦越来越具体，也越来越现实。慢慢变成梦想自己成为皇帝，成为一言九鼎的真正当权者；又慢慢变成飞行员，变成科学家；最后梦想变成领导，变成比别人更优秀的人上人。直到有一天梦彻底破碎。没有精力去学习新东西，没有离职的勇气，只是日复一日地做自己已经做了好几年的工作，找不到前进的方向，大概接下来的日子都将继续做这些事，然后明白，自己只是一个小人物，是默默无闻的大多数人。

但林海伟同志的先进事迹，就像一道闪电，让我感受到了一种似曾相识的精神气质，那些有年代感的却又耳熟能详的英雄模范，雷锋、张思德……发生在他们身上的都不是惊天地、泣鬼神的丰功伟绩，也没有语不惊人誓不休的豪情壮志，却都因为具备了一种平凡但不平庸的力量，像水滴石穿、绳锯木断，让人刮目相看，也令人肃然起敬。归结起来，这种气质就是螺丝钉精神，不起眼却在闪光，隐忍坚毅且锲而不舍，在平凡的岗位做出了不平凡的事。它就发生在现在，不是雷锋那个特殊的时代，就发生在身边；没有什么自学成才，也无关文化水平，抬眼就能看见。

他让我找不到理由逃避，也找不到借口麻痹自己，在我看来，他的梦没有醒，他主动申请入岛，他为了服务大家而放弃小家，他拒绝组织调离的好意，他已不年轻，但依然在追梦。就如50年前的雷锋那句名言："一个人的作用，对于革命事业来说，就如一架机器上的一颗螺丝钉。机器由于有许许多多的螺丝钉的连接和固定，才成了一个坚实的整体，才能够运转自如，发挥它巨大的功能。螺丝钉虽小，其作用是不可估计的。我愿永远做一颗螺丝钉。"

在林海伟同志立志做国网大机器的一颗螺丝钉，为岛上的居民发挥自己作用时，我作为安监部的一员，可以做些什么呢？我想，只能做螺丝帽了，为公司所有员工服务，帮助他们更好地做那颗螺丝钉。所以螺丝帽也同样重要。

我还在变电运维的时候，有一次需要给接地线换接头，于是，我和运维安全员吴善振一起跑变电站，一个一个地更换。有一些已经松动了，但更多的还是非常的紧，吴善振就和我说你也要像它们一样，拧得我们几年后都拧不开。虽然他说话的时候一脸笑意，但每一个站工作完，都要问我是否都拧紧了，然后拿一个检查，最后认真地跟我说，没力气的话就告诉我，一定要确保拧紧。就是这颗螺丝帽确保接地线工作正常，保护员工人身安全。人们都说员工是一颗螺丝钉，在这儿我得加一句：员工都是一颗螺丝钉，螺丝钉的坚韧不拔需要我们螺丝帽的加固。

员工是革命的螺丝钉，哪里需要哪里搬；安全帽是螺丝钉的螺丝帽，一刻也不能分割。螺丝钉我们需要，螺丝帽我们也不能忽视，当螺丝钉牢牢地钉在墙上的时候，加上螺丝帽，是必不可少的，这样才可以让螺丝钉紧紧地在墙上，坚韧而有力。

面对着林海伟同志的螺丝钉的精神，我想做一个更优秀的螺丝帽。在安全隐患面前，我们都是渺小的，想着把安全当儿戏，才是真的可笑。螺丝钉少不了螺丝帽，我们安监部人员既是国网的螺丝钉，也是全体员工的螺丝帽，时刻都要拧紧螺丝帽，这就是螺丝帽的安全性；在和平的幸福生活中它可发挥着大作用，这正是螺丝钉的作用。因此，我愿做一颗螺丝钉，更加愿意做一颗螺丝帽，让螺丝钉完美地发挥自己的作用，坚守自己的岗位，为安全小家出一份应尽的责任。我们的安全家园，少不了各位同行们的螺丝钉精神，也同样需要我们这些拧紧螺丝钉的螺丝帽！

平凡的榜样

人力资源部　季定帮

谨以此诗歌献给二十多年坚守在蛇蟠岛上的平凡电工林海伟，作为新入职员工，学习林海伟“螺丝钉”的精神，对建设美好的三电文化有深刻的启发作用！

你从蛇蟠岛走过，
默默坚守绿水青山的轮廓。
排故，维修，改造线路，
二十多年的光阴，
你为乡亲父老铺起光明大路。
从此刻起，为你写一首赞歌！
因为我知道，
你是有螺丝钉一样的坚固，

螺丝钉一样的朴素，

螺丝钉一样的精神归宿。

在风吹日晒里，

忠诚又尽责，

你尽责在这孤独的蛇蟠岛，

顶着安全帽，

默默注视着，

冷静，平凡又淡泊。

你频繁地走进，

走进又踏出百姓的屋，

目光坚毅，

你住进了他们的心里。

从此刻起，为你唱一首颂歌。

因为我知道，

你是有玫瑰花一样的颜色，

玫瑰花一样的芬芳，

玫瑰花一样的馥郁严肃。

在平凡自然里，

绽放又夺目，

你夺目在这冷清的蛇蟠岛，

穿着绝缘鞋，

高高屹立着，

挺拔，稳重又沉着。

你亲切地走近，

走近又伸出沧桑的手，

目光如炬，

你一直在我们的心里。

从此刻起，

因为我知道，

你有大海一样的伟大，

就像你的名字，

就像你的事迹。

就这样，

春去，枝繁叶茂；

秋来，硕果累累。

你年复一年，

心系民生，情系百姓，
而常常忘了自己。
向你学习吧！
学你忠于职守、矢志不渝；
再向你学习吧！
学你不计得失、任劳任怨。
这才是忠诚的真谛，
不用刻意，
甚至是别离。
我也愿送上美丽的祝福，
愿你像一颗没有年轮的参天大树，
叶与云相触，
坚挺岛上，
永不老去。
我又希望，
岛上有那么一处灯塔，
有你存在，
为我点亮榜样的光！

螺丝钉精神，代代相传

财务资产部　吕王一

斯人立天地，修心如琉璃。

时时勤拂拭，辛劳为人民。

五十年前雷锋的“螺丝钉精神”，是自觉地把个人融入党和人民的事业之中去，个人服从整体，服从组织，忠于职守，兢兢业业，全心全意为人民服务的精神。而现在林海伟师傅以他二十余载勤劳踏实的工作为我们展现出属于电网人的“螺丝钉”精神。如果说刚刚步入工作岗位的新一届的我们可能会感觉到困惑，不知应向何方启航，那么林师傅的“螺丝钉”精神，就犹如是深邃的大海中屹立着的白色灯塔，为我指明了方向。

螺丝钉精神有着多种意义。作为一个电力事业的工作者，应该是肯下功夫、不畏艰难、脚踏实地、忠于职守。刚进入电网工作，没有熟悉过相应的专业技能，或许会身在岗位而不知所措。正因为如此，才必须边工作边学知识，向前辈请教，反复巩固，才能更早地掌握专业技能。具备专业技能只是一个开端，而将这样的能力运用到实际工作中，还需不断地磨练。天下大事，必做于细。受限于当时的条件和历史遗留，岛上电线布局缺少规范、用户乱拉乱接线现象严重。为保障养殖塘的正常用电，防止养殖户出现重大损失，在林师傅的争取下，岛上的高压线路跟着养殖塘的扩建而架设。由于鱼塘增氧设施需要 24 小时不间断运行，一旦出现跳闸，能够迅速恢复用电成了首要任务。无论昼夜，无论气候变化，林师傅总能迅速到达，依靠过硬的专业技术与冷静的判断排除故障。多少年的时间里，一户户排摸，一点点改进，岛上的电线分布图，林师傅早已烂熟于心。他以钢铁般坚强的意志力和流水一般温和的关怀为千家万户送去光明，也照亮了我们年轻一代前进的道路。

作为一个党员，螺丝钉精神是不计个人得失，全心全意为人民服务的奉献精神。为了保证抢修工作及时，又不忍心妻子一人挑起养殖塘的重担，他忍痛将养殖塘转包给别人。人们会记得那个为了大家舍弃自身利益的林师傅，那个为照顾瘦弱同事而独自一人顶着百来斤电线抢修的同事，那个连续三天为了在台风天中保障线路畅通而没有合眼的电力保护神，那个忧心于新员工不能胜任艰苦工作而坚持留岛的老前辈。林师傅为了事业倾注了自己毕生的心血，没想到一上岛就是25年，没想到为了岛上用电保驾护航却不小心成了无法照顾孩子的父亲。他立足岗位，忠诚事业，以电网人也作为一个党员的方式努力为人民服务，在平凡的岗位上做出不平凡的业绩。年轻一代工作在三电这个集体的每个角落，但是无论在何处岗位，都应该拥有和林师傅同样的信念、同样的工作态度，这才是通往美好未来的平凡之路。

螺丝钉精神，在企业里也应该表现为团结合作、同舟共济的和谐氛围。雷锋写道："虽然说细小的螺丝钉，是个细微的小齿轮，然而如果缺了它，那整个的机器就无法运转了，慢说是缺了它，即使是一枚小螺丝钉没拧紧，一个小齿轮略有破损，也要使机器的运转发生故障的，尽管如此，但是再好的螺丝钉，再精密的齿轮，它若离开了机器这个整体，也不免要当作废料，扔到废铁料仓库里去的。”五彩缤纷的世界给予我们这一代活跃的思想，彼此不同但又同样美好的理想。每个人都希望在自己的岗位上大显身手，创出一番事业，因此与团队的积极合作是必不可少的。电网的工作是多种多样而又相互联系的，工作之间的不协调可能会导致危险的发生。正因为如此每个人都应该相信自己的同事能完成他们的工作，同时严格要求自己，认真完成本职工作。

25 年的时间如白驹过隙，它让一个曾经私拉乱接电线现象严重的蛇蟠岛率先完成新农村电气化改造。它让年轻的小林师傅蜕变为如今受人尊敬的老林师傅。它也让一个刚刚出生的婴儿变成如今可以为三门电网奉献青春热血的小伙子。如今的我们和当初的林海伟师傅同样的年轻有力，今后的我们或将走上不同的道路，而始终相同的是那融入三电发展道路的螺丝钉精神，它将成为三电前进的永动机。老一辈为这个三电打下坚实的基础，为年轻人留下了宝贵的工作经验，而我们将继往开来，开拓创新，为螺丝钉精神赋予更深刻的内涵。相信数风流人物，还看今朝！

年少时候的叔儿，工作岗位的榜样

营销部　林婷婷

最近自上而下、政府企业掀起了一股学习热，县委宣传部等部门相继发文开展向林海伟同志学习的活动，在党支部小组学习周中，我也有幸参与了事迹学习。

初听林海伟这个名字，只觉着耳熟，看了事迹才知道，这个25年如一日，不离不弃驻守海岛的电力平凡英雄竟是我年少时候叔儿，也算看着我长大的人。那还是我七八岁的时候，电网服务客户还是村电工的模式时代，我经常在六敖站的院子里玩耍，那时林海伟应该已经请命上海岛了，偶尔站里开会的时候可以看到他。

记忆中的叔儿总是笑眯眯的，特别的亲近。那时的蛇盘还是隔江相望并不是天天都能登岛的孤岛，交通不便，物资匮乏，条件恶劣，而他却第一个主动提出要上岛管电，站里的师傅时常聊起他，有说他傻的，有说他有勇气的，话里行间其实都是心疼，而他却总是乐此不疲没有半句怨言。

那时候供电局的工作是一直管到老百姓家的灯泡，电费也是挨家挨户上门收取，全岛 900 多户人家，时常会遇到各种涉电故障，小到灯泡坏了、保险丝断了，大到线路故障引起区域停电，每次他总是第一时间赶到现场，就这样没过多久他就成了岛上老百姓赞不绝口的电保姆，无人不知，无人不晓。源于信任、源于依赖，每月电费也数他收齐最快。他经常在岛上转悠，和老百姓打的交道多了也便知道了老百姓的用电需求，海岛老百姓赖以生存的就是养殖塘，而当时的用电环境很是恶劣，没有专门的线路供应，老百姓都是一根电线拉到养殖塘小屋，仅一根木棍作为支撑点，海岛风大，气候潮湿，电线安全距离不能保证，这样的供电状态存在很大的安全隐患。

为此他绞尽脑汁争取政策，在他的努力下，蛇蟠岛得到了“养殖塘挖到哪、高压线架到哪”的支持，一口气完成 19000 余亩养殖塘供养线路改造，岛上养殖产业迎来了新环境。林叔叔身先士卒率性完成新农村电气化改造，义务帮村里安装维修路灯等等事迹不胜枚举。只要是有利于提高岛上生活质量的事情，他总能第一个关注到，并全力执行。就这样急百姓之所急，忧百姓之所忧，虽现在供电产权点已重新认定，他却还是不管什么原因，只要用户一个电话他就立马赶到，哪里需要他，他就在哪里，25 年的坚持已然成了他工作的准则；25 年的随叫随到已然让他成了岛上老百姓不可或缺的生活必需。

林海伟，我的叔儿，用他 25 年的青春无悔，用他 25 年的点滴行动诠释着自己的职责，谱写着人生的价值。他就像一颗螺丝钉，为海岛这个大机器加速运转默默贡献着自己的一分力，不卑不亢，却缺一不可，让我真正体会到什么是“你用电、我用心”。

伟大并不一定要做惊天动地的事，拯救天拯救地，平凡的事能 25 年如一日的坚守，舍弃自己原本可以过的更好的生活，养一方水土，护一方百姓，这也是让人觉得特别接地气的伟大。我想这也是我们年轻小辈应该追求的工作精神，应该传承的企业文化。

争做一颗合格的螺丝钉

办公室　钱雨松

“如果你是一滴水，你是否滋润了一寸土地？如果你是一线阳光，你是否照亮了一分黑暗？如果你是一粒粮食，你是否哺育了有用的生命？如果你是最小的一颗螺丝钉，你是否永远坚守你生活的岗位？”雷锋日记中的这样一段话，问了近六十年，无数人报以肯定的回答，却鲜有人真正做到。

初次见到林海伟大概是在十余年前，那时候我还在读初中，恰逢暑假与家人一道去往蛇蟠岛游玩。还未到达码头，便远远地看到码头人头涌动。母亲以为出了什么事，等到渡轮渐渐靠岸，父亲说了一句：应该是断电了吧。果然，屋里的人们都坐到了门口，贪着一丝丝的海风解暑，面上写满了焦急。不远处一支电线杆下围着一群乡亲，她们握着扇子使劲地扇着，却不是扇向自己，而是将微风送向那个头戴安全帽的抢修人员，宁可自己的衣衫湿透。父亲走了过去，喊了一声：“海伟，线路跳了啊?”那人没有回头，只是说了句：“马上好，别急。”事隔多年后的今日，我又一次听到林海伟的名字，才回忆起那天见到的人便是林海伟——一个认真负责一丝不苟的抢修工；一个让乡亲们爱护尊敬的电保姆；一个坚守蛇蟠岛20余年的电战士。

读完他的感人事迹，我的内心久久不能平静。我深知这短短的几页篇幅根本不足以写完他做的所有贡献，8000多个日夜里他排除了不计其数的故障，义务安装维修路灯，完成了19000多亩的养殖塘供氧线路改造等等。我感概，这是拥有何等伟大的奉献精神才能支撑着他二十余年如一日地坚持为蛇蟠岛的电力事业贡献自己的青春与汗水。党员的先进性、雷锋同志所说的螺丝钉精神都淋漓尽致地体现在他的身上。

作为一个立志加入中国共产党的我来说，林海伟同志的先进事迹更加值得我学习。

首先，工作态度上要勤勤恳恳、踏踏实实、认真细致、一丝不苟，就像林海伟同志在抢修过程中这般认真细致；树立高度的责任心和敬业精神，尽心尽力地把工作做好，一切要以党和人民利益为出发点，不能急功近利，党的先进性就是脚踏实地，在一点一滴的具体工作中体现的。

其次，工作中要发挥青年人的活力，敢闯敢拼，励志奋发，做艰苦的冲锋兵，做致富的奠基石。因为林海伟知晓，要让群众富裕，自己就得吃苦；要想服务好群众，就要付出一切。党员就是一面迎风猎猎的鲜红旗帜，要想成为一名优秀的党员，就不能把自己当做是一名普通的老百姓，要以更高更严格的标准要求自己，工作中争抢当先，争做实践者。

林海伟用实际行动诠释了一个共产党员的责任和义务，在平凡之中见真情，在孤独之中见奉献，在贫苦之中见崇高，用自己的诚心和热心赢得了老百姓的贴心。我要以他为榜样，做好本职工作，从思想、行动上自省，保持积极向上的工作态度，努力成为一颗合格的螺丝钉。

螺丝钉的力量

财务　朱心昳

我们的生活中，有什么是必不可少的呢？

从精神层面上来讲，美是必不可少的，我们追求美食、美景，享受到的是精神上的满足；从物质层面上来讲，我们可以说金钱是必不可少的、Wifi 是必不可少的等等，而今天我想来介绍一种不起眼却又不可或缺的小东西——螺丝钉。

雷锋曾经说过："一个人的作用，对于革命事业来说，就如一架机器上的一颗螺丝钉。机器由于有许许多多的螺丝钉的联接和固定，才成了一个坚实的整体，才能够运转自如，发挥它巨大的工作能量。螺丝钉虽小，其作用是不可估计的。我愿永远做一个螺丝钉。"

而现在，在我们国网浙江三门县供电公司，也有着这么一位雷锋，二十多年来甘做螺丝钉，忠于职守，兢兢业业，默默无闻地为电网事业奉献出自己的力量，为人民群众排忧解难，始终以满腔热情面对工作，面对百姓的所有需求，他就是浙江好人、优秀党员、十大感动台电人物之一——林海伟。

同为供电公司的一分子，在阅读了林海伟的相关事迹之后，我羞愧难当。是什么让他放弃与妻女和乐融融、幸福美满地生活在一起？是什么让他不分昼夜地为村民排除隐患？是什么让他牺牲小我、无惧病痛苦难？是什么让他不惧酷暑，无畏严寒？我想除了他坚强过人的个人意志、矢志不渝的敬业精神之外，甘做螺丝钉的精神力量也是极其重要的。就像雷锋说的那样，一颗螺丝钉也许是渺小的，可是一颗螺丝钉所能发挥出的力量却是巨大的。正因为有了林海伟这样无私奉献的螺丝钉精神，有了许许多多个像林海伟一样在平凡的工作岗位上尽忠职守、甘做不起眼螺丝钉的电力职工，我们的电力事业才散发出了不平凡的光芒。

作为供电公司的年轻员工，我们更要向这些在岗位上默默奉献的老一辈们好好学习，传承他们的螺丝钉精神，乐于平凡的工作，去学习忠于职守、矢志不渝的敬业精神，学习任劳任怨、不计得失的奉献精神，更要学习心系民生、情系百姓的高尚品格；同时，我们也应该充分发挥年轻的优点、科技的特长，勇于创新，致力革新，用像螺丝钉一样的钻研精神，不断锤炼，不断进取，小小的螺丝钉也能永不生锈，为电力事业贡献出自己的一分力量。除了为公司发光发热、贡献力量，我们也应该学习为百姓服务的伟大精神，从百姓中来，到百姓中去，让百姓能够用好电，用安全电，用放心电；让大家提起供电公司时，嘴角会扬起微笑，双手会竖起大拇指！

有人这么说，无论人生还是工作，最重要的不是去悔恨过去，而是去改变未来。那从现在开始做一颗闪着光的螺丝钉，不是也来得及吗？

发扬海岛上的螺丝钉精神

信通　罗啸远

看完林海伟同志的先进事迹，感慨万千。1992 年参加工作，他就像一颗螺丝钉紧紧地扎根在蛇蟠岛，把他全部的精力和热情投入到了这片海岛，为群众办实事、解难事、做好事，永远把群众的冷暖挂在心头，除了做好自己的本职工作还主动帮忙解决群众的生活事，使自己成为老百姓的贴心人。林海伟同志是平凡的，维修岛上的路灯、帮助岛上用户安装电表、改造线路，一点一滴做的都是一名电力人的本职工作。林海伟同志是伟大的，20 多年来，他一直默默守护着这一片土地，他舍小家顾大家，用责任、忠诚和爱心守护着蛇蟠岛上的人们。林海伟同志用自己几十年如一日的行动诠释了一名合格的国网人应有的责任和奉献。

林海伟同志就像这小小的螺丝钉一样平凡，他也有自己的家庭，爱自己的家人，和千千万万个普通电网人一样，过着平凡的生活。但是我们不能小瞧这颗小螺丝钉，正因为这千千万万的小螺丝钉，才让电灯在祖国大地每一个小村庄发光，让水泵在每一片海塘转动。雷锋曾经说过：一个人的作用，对于革命事业来说，就如一架机器上的一颗螺丝钉。机器由于有许许多多的螺丝钉的连接和固定，才成了一个坚实的整体，才能够运转自如，发挥它巨大的功能。螺丝钉虽小，其作用是不可估计的。

林海伟同志的这种螺丝钉精神，会不断激励和感召我们电网人。虽然二十几年过去了，时代条件和社会环境发生了巨大的变化，人们的思想观念、价值取向等也随之发生了深刻的变化，然而无论发生什么变化，林海伟同志身上展现出来的这种螺丝钉精神却永远不会变。没有螺丝钉的存在，机器各个部件将无法正常工作，整个机器也不能运行自如。一个人，正如一颗螺丝钉，无论处在电网的什么岗位、从事何种工作，对于我们国网的发展来说都是不可或缺的一部分。只有人人恪尽职守、勤奋努力做好本职工作，我们国家电网才能不断发展。所以我们要坚持做公司的一颗“螺丝钉”，就是要立足自己的工作岗位真正推进本职工作。要真正结合自身的现实实际，立足工作岗位，既要紧紧扭住公司的工作目标，按照工作规则做好本职工作，抓好“分内之事”，又要自觉把自身工作放在整个公司的工作系统当中，做好与他人工作的对接与协调，做好“分外之事”，脚踏实地、理性务实地开展工作，让“螺丝钉”精神真正成为推进工作的行动准则。

我想我们每个人特别是我们一线生产岗位的员工更应该时时刻刻牢记林海伟同志这种螺丝钉精神，甘当平凡、永不松劲的螺丝钉，把脚下的路走好，把手中的活干好，只有这样，才会释放出活力、创造力和战斗力，在岗位上像螺丝钉一样，拧得紧，站得稳，靠得住，为公司的发展增砖添瓦。

螺丝钉，真的不是说说而已

调控中心　林静

时光辗转，回到两年前，我懵懵懂懂、跌跌撞撞着踏出校园，带着一个未知的包袱缓缓推开三电大门，我无法打开也无从可知这包袱装载着何物，但始终紧紧揣在怀里。而如今，在电力企业扎根两年的我，渐渐开始明了手中的包袱，它承载了我一路上所有铸就成长的东西。伴随着每一阶段经历的事情，它都会向我诉说新的事物。对于蜕变成为电力员工的我，今天所要担负起的是责任，是奉献，是爱岗，是敬业。

近段时间，朋友圈和各大微信公众号都被一颗小小螺丝钉席卷。说起“螺丝钉”，闪现在大家脑海里的估计非雷锋同志莫属，这位我们从小学习到大的伟大人物，他不仅仅活在我们的课本里，他也活在我们身边，的确，他的精神、他的思想更是需要我们每一个人去坚守和传承。但今天的螺丝钉先生，是他，林海伟。提起这个名字，相信三门人都不陌生，这一位驻守在蛇蟠岛整整 25 年的电力工人。这二十多年来，面对形形色色的选择和机会，林海伟同志始终本着“我是一颗螺丝钉，哪里需要哪里拧”的态度，毅然决然地选择留在海岛之上，陪伴着海岛的每一个春夏秋冬，每一个日出日落。没错，他就是那颗螺丝钉，默默安家于海岛，穿梭在每家每户间，心心念念的都是海岛线路和渔民用电问题。

在林海伟申请驻岛之前，蛇蟠岛的生活条件极其恶劣，几乎没有人愿意去岛上工作，也正是在那个时候，他站了出来，第一个报名要求上岛管电。那个时候的他，只是一名普普通通的共产党员，没有雄厚的身家，也没有渊博的学识，他就是这样一个平平凡凡的人，但是与你我不同的是，他身处平凡之中却永不松劲。自打负责海岛片区起，他无时无刻不在为岛上百姓的生活用电操心和奔波，无论身处何地，无论晴天暴雨，只要接到报修电话，他都第一时间赶到现场，遇到情况复杂的，甚至要冒雨摸黑抢修八九个小时。

2000 年左右，在海水养殖业热火朝天之际，他本可以经营养殖贴补家用，让自己和家人的生活富裕些。但为了不耽误本职工作，他说服妻子，忍痛将承包的 30 亩养殖塘转包出去。他说："我是一名党员，不能只顾小家赚钱，如果只顾小家，服务就不到位了。"服务不是简简单单从嘴里说出来的，而是扎扎实实融入到老百姓生活里的点点滴滴。无论是职责之内的还是分外的，只要是为百姓服务，林海伟都是有求必应，极尽所能为百姓排忧解难，从不拿百姓一分钱。

"牡丹花好空入目，枣花虽小结实成"。25 年的驻守，不是说说而已，他把全部精力和热情都投入到这片土地上，为群众办实事，解难事，做好事，把群众的冷暖挂在心头，把群众的呼声记在心里。他就像一颗螺丝钉，身处平凡之中却永不松劲；他就像一颗螺丝钉，不那么起眼却令人很踏实，很放心。作为三电大家庭里的一员，我愿意成为企业中的一颗螺丝钉，小小的身体同样可以在自己的岗位上发挥无穷无尽的力量。

平凡而又伟大的螺丝钉精神

发展建设部　郑琦

有一种精神，看似平凡渺小，它却能成就不平凡的业绩；有一种精神，看似豪情万丈，它却代表着最平凡务本的人文精神，那就是电力人爱岗敬业的螺丝钉精神。林海伟同志，作为一个普通党员，25 年如一日，默默地无私奉献，像一颗螺丝钉，在平凡的工作岗位上恪尽职守，做出了不平凡的业绩；他心系民生，情系百姓；他任劳任怨，不计得失。他是我们学习的好榜样。

爱岗，是我们的职责；敬业，是我们的本分；青春，是我们的资本；奉献，是我们崇高的追求。在平凡的生活与工作中奉献，在默默的奉献中收获。爱岗敬业是各行各业中最为普通的奉献精神，它看似平凡，实则伟大。在我们电力大家庭中，有着无数的员工在平凡的岗位上兢兢业业地工作，没有鲜花，没有掌声，几十年如一日，日复一日地重复着自己，却把饱满的热情和优质的服务带给了千家万户。

作为基层的电力职工，我们时刻践行着要全心全意为人民服务的理念，始终把用户放在第一位。牢记“以人为本、忠诚企业、奉献社会”的服务理念，更好地用实际行动诠释对企业、社会的负责的理解。面对新形势、新任务，我们要学习林海伟同志吃苦耐劳、甘于奉献的精神，积极响应上级的号召，用优质的服务，方便用户，带动当地经济社会的发展。只要用户一个电话，我们都会及时解决，只要任务一到，我们都会加班加点地完成任务。无论严寒酷暑，无论刮风下雨，在某个地方，只要出现电力问题，都会有我们电力人的身影。虽然辛苦，但是没有抱怨。因为，我们看到了故障排除带来光明时，人们脸上闪跃的欣喜。

白云奉献给蓝天，才会那样的飘逸；江河奉献给大地，才会那样的激荡；青春奉献给事业，才会别样的精彩。或许平凡的岗位无法使我们获得更多，但我们同样可以收获喜悦，在付出中厚积薄发。当电力事业踏着时代主旋律的脚步，逐步成为一个紧跟民生、经济、社会和谐稳定有关的重要行业时，我们要不断提高服务标准，以更高、更好、更快的要求约束自己，提升自己的同时，为社会发展奉献自己微薄的力量。

把简单的事做好便是不简单，把平凡的事做好便是不平凡。或许，我们成为不了那种伟大的人，但是我们心中一直充满理想，充满信念，平凡的岗位需要我们付出，美好的生活需要我们的付出，构建整个和谐的社会需要大家一起付出。当前需要我们做的还有很多很多，纵使艰难险阻，也要努力前行，努力超越，追求卓越，把我们电力事业推向一个新的高峰。

学习林海伟同志的精神，就是学习他扎根基层、立足岗位、忠诚事业，到群众最需要的地方去，一心一意为民办实事解难题。让我们珍惜自己的岗位，热爱自己的工作，以勤奋、忠诚、敬业、奉献的心态努力工作。

小小“螺丝钉”的大精神

党群工作部　梅俊明

“我是一名党员，不能只顾小家赚钱，如果只顾小家，服务就不到位了。”平凡的工作岗位，艰苦的工作环境，多而杂的工作内容，只是因为这样朴实的想法，林海伟同志25年日复一日地坚守在一线岗位，为海岛上的供用电工作默默付出。

作为一名刚参加完培训回来的新进员工，我深刻意识到国网公司内部员工的各项工作都很细致、很重要的。丝丝环环紧紧相扣，每一个人都是代表着国网公司的形象。只有我们个体做得好了，才能让整体实现一个飞跃和发展。

1992年进入电力行业工作的林海伟，在上世纪九十年代初自告奋勇地来到蛇蟠岛上进行“电力开荒”。那时候蛇蟠岛还是一个孤岛，交通极为不便，恶劣的环境让无数人望而却步，但林海伟却知难而上，挑起岛上村民用电的重担，上岛之后更是事事想着村民们。那个年代三门这个小县城的电力并不发达，更别说在岛上了，而岛上的村民们大多靠养殖来养家，生产生活都需要电，林海伟不断争取在各个需要的地方都架上高架线，到如今，养殖户的用电问题完全得以解决。林海伟同志敢闯敢做，能够忍受前途未知所带来的不安，敢于承担的精神，让尚且对未来的奋斗方向感到迷茫的我突然清醒了不少：无论未来存在多少变数，在工作的时候都应该立足于服务用电客户，不怕辛苦，勇于承担。

从无到有，林海伟在这个海岛上实现了这个过程。在不断的摸索和交流中，他和大家慢慢搭建起岛上的电力设施，也搭建起和村民们信任的桥梁。工作也要将心比心，真诚对待客户，客户也会体谅我们的难处。三门靠海，天气波动较大，经常会遇到雷雨天气甚至是台风，时常会遇到各种电路故障问题，林海伟只要接到抢修电话，立即风雨无阻地前往现场抢修，让村民们的损失降到最低，也保证了大家的安全。对于企业来说，林海伟恪尽职守、淡泊名利，不但做好自己本分的工作，也和村民之间建立信任关系，在某种程度上，对企业形象进行了有力的宣传；对于村民来说，林海伟是他们的保护神，也是好邻居，有他在，村民们就能安心地开展水产业也能安心生活。林海伟的行为很好地实践了国网公司的价值理念和行为规范。

服务于电力客户，服务于经济社会发展，让电力客户安心地生活，也让他们在工作岗位上能更好地发挥，促进社会经济发展。诚信、责任、创新、奉献是企业价值观；竭尽所能做到给用户稳定供电，是责任；从来都免费为百姓排忧解难，自觉遵守“三个十条”，是诚信；蛇蟠岛从九十年代的电力设施贫瘠到现在措施应有尽有，是创新；在岛上坚守了20多年，无数次帮助百姓排忧解难，带动大家将岛上的公共电力设施慢慢建立起来，在全县率先完成新农村电气化改造，并在有机会有更好的职业发展时，选择留在岛上继续为岛上的经济发展保驾护航，是奉献。

国网公司就像一个巨大的机器，而每一名员工就像是连接机器不同模块的螺丝钉，螺丝钉虽小，但是必不可缺，它能保证机器平稳、有效地运行。企业的员工无论能力如何，处于什么位置，什么岗位，对于公司来说都是不可缺少的一部分，每个员工都应该恪尽职守做好自己的工作，也需要和相关的所有人建立起良好的合作关系，毕竟“螺丝钉”是连接各个模块而不是单独工作的。这就是所谓的“螺丝钉”精神。

奉献、钻研、坚持、敬业、坚忍，具备这些“螺丝钉”精神的林海伟同志值得我们学习。他扎根基层、立足岗位，是真的把群众的冷暖放在了心上。虽然林海伟淡泊名利，坚守自己的本心来工作，但我们应该发扬这种精神，让更多的人知道有这么个人，我们也都应该做到这样，这样企业才会更贴近生活，贴近百姓，未来才会更加美好。

筑梦三电，争做企业发展的“螺丝钉”

人力资源部　金铭

仲夏的三门蛇蟠岛骄阳似火，知了吱吱地叫着，仿佛诉说着夏天的炎热，远处走来一个人，他头戴安全帽，身穿长袖工作服，裸露在外的皮肤黝黑，这是长期露天工作的标配，他就是三门县健跳供电所六敖供电所服务站副站长林海伟。

林海伟常驻海岛蛇蟠岛 25 年，只为居民送光明。浙江三门县蛇蟠岛有千洞之岛的美誉，风景秀丽，但生活在这里的人们条件比较艰苦。20 多年来，他一直默默无闻守护这片土地，帮居民排除用电故障，义务帮村里安装和维护路灯，完成养殖塘的线路改造，改善了岛上电线布局缺少规范，用户乱拉乱接线的现象。他所在的乡镇完成新农村电气化改造的时间也在全县领先。

林海伟同志为电网事业牺牲了很多，成了一个“不称职的父亲”。由于养殖用电的特殊性，加上交通不便，林海伟晚上不敢离岛，平时吃住在岛上，连女儿学业原因需要搬家都不能出一分力，只能靠妻子和孩子张罗。由于常年的劳累和风吹雨淋，林海伟患上严重的关节炎，他曾有多次调离蛇蟠岛的机会，但他却拒绝了组织的好意。他怕自己一走，岛上的居民用电会很不方便。他的心里，考虑的不是个人的得失，装着的始终是岛上的居民的用电利益。他的心系民生，情系百姓的高尚品格让无数人感叹不已。林海伟就像一颗螺丝钉，在平凡的工作岗位上兢兢业业，恪尽职守，做出了不平凡的业绩。无论天气多么恶劣复杂，他都会第一时间赶到现场，有时甚至要摸黑抢修。他忠于职守、矢志不渝的敬业精神值得我们尊敬与学习。他义务帮助岛民安灯泡修线路，只要接到报修电话，都会赶到现场解决问题的任劳任怨、不计得失的奉献精神深深感动了我。他的一系列的奉献行为将国网公司的“以人为本、忠诚企业、奉献社会”的企业理念体现得淋漓尽致。将人生支点焊铸在高压电杆上，用自己的生命责任、忠诚爱心守护海岛上的人们，为千家万户送去光明，让我们为“最美电力人”林海伟点赞！

我是一名新来的员工，还没有工作岗位，但我要向林海伟学习他立足本职岗位的精神。无论以后分配到什么岗位，都要扎根基层，为事业倾注热情，努力在服务社会、奉献他人中体现自我的价值。做好工作等分内的事外，也要乐意帮助他人。林海伟刚进入六敖电管站时，没有专业技能，林海伟就边工作边学习电工基础知识、电力安全工作规程，我要像林海伟一样在工作中学习更多的专业技能知识，并好好参加公司安排的培训，提高自己的知识、技能水平，争取能够早日独当一面。扎根基层，立足岗位，忠诚事业，学习林海伟同志的“钉子精神”，执着地坚守在本职岗位上，爱岗敬业，忠于职守，为三电公司发展尽自己的一分力。筑梦三电，争做企业发展的“螺丝钉”。

筑梦三电，无私奉献

人力资源部　杨泽亮

林海伟同志，一个平凡却又不普通的电网人，一个生活简单但精神无比丰富的共产党员，一个能够为了人民群众的切身利益无私奉献自己一生的人。在电网工作的二十多年，八千多个日日夜夜里，他时时刻刻都在为蛇蟠岛的人民解决用电的困难。

作为一个新入职的员工，在刚进入单位时就已经从许许多多的领导和同事们口中了解到了林海伟同志的光辉事迹。虽然没有真正地感受到林海伟同志的艰苦工作，没有实地地了解蛇蟠岛恶劣的生活条件，但是在大家的话语中我可以体会到能在这样的环境下坚持工作这么多年是一件多么伟大的事情。记得刚入职的欢迎会上应书记跟我们说过，他每一届为新员工开欢迎会的时候都会让他们去体会大儒张载的名句——“为天地立心，为生民立命，为往圣继绝学，为万世开太平”。像我们这样新入职的员工正是需要深入体会这句话的含义，充分提高自己的工作素养、做事态度。

虽然我们新员工目前并没有切身地经历基层工作的经验，但是我感觉林海伟同志在他二十多年的工作中所展现出来的敬业精神、奉献精神以及他高尚的品格都是非常值得我们学习并借鉴在以后的工作生活中的。首先我们要学习的是林海伟同志忠于职守、矢志不渝的敬业精神。在工作中坚守自己的岗位，坚持做好自己的本职工作，是我们作为电网人的本分。而林海伟同志这种坚守岗位不抛弃不放弃的钉子精神就是我们学习的榜样。国网公司的各个部门就好像是一块块木板，而我们员工就是一颗颗将木板钉在一起组成大门的钉子。只要人人都当好自己工作岗位上的那颗螺丝钉，那么我们国网这一扇大门会变得更加的牢固而坚不可摧，屹立在人民群众面前为人民群众遮风挡雨。其次我们要学习林海伟同志任劳任怨、不计得失的奉献精神。我觉得一个真正热爱自己岗位的员工就是对自己工作保持着一颗赤子之心。无论工作多么辛苦多么繁重，只要你能彻彻底底地投入进去用自己满腔的热情去对待它去完成它，那么工作也不会亏待你。虽然这本就是我们的分内之事，但当我们用自己的热情去百分之百甚至百分之两百地完成工作后，我们收获的并不仅仅是完成工作后的工资和奖励，更多的是我们可以感受到完成任务时的成就感，可以收获群众的认可，让群众能够对我们的工作有更好的印象，让群众以后能够更好地相信支持我们的工作，树立我们国网企业更加良好的企业形象。最后我们还要学习林海伟同志心系民生、情系百姓的高尚品格。我们国网企业所服务的就是广大的老百姓，老百姓就是我们的顾客。都说顾客就是上帝，我们只有搞好了与老百姓之间的关系，才能让我们的企业更加良好地发展下去。林海伟同志在蛇蟠岛上辛苦工作二十多年，无论百姓有什么要求他都是有求必应，甚至半夜打电话给他他也二话不说立马跑去抢修。所以我觉得要学习林海伟同志这种心系百姓的高尚品格光老自己说是没有用的，只有真正地像林海伟同志一样二十年如一日，时时刻刻心系百姓得到百姓的认可才是真正的高尚品格。

只有这些像林海伟同志一样平凡的奉献者在，才有我们国网公司的美好发展。尽管没有什么轰轰烈烈的大事要做，但是在这二十多年的漫长岁月中默默地尽心尽力地奉献自己我觉得就足够了，因为这样才没有浪费一生。马克思说过："人只有为自己同时代的人完善，为他们的幸福而工作，他才能达到自身的完善。"希望我在以后的工作中能够像林海伟同志一样努力奉献完善自己；也希望在这么多的电网人中涌现出越来越多像林海伟同志一样无私奉献、心系民生的好同志。

图书在版编目（CIP）数据

光阴里的光 / 程亚军著. -- 武汉 ：长江文艺出版社，2018.10
ISBN 978-7-5702-0545-5

Ⅰ. ①光… Ⅱ. ①程… Ⅲ. ①报告文学－中国－当代
Ⅳ. ①I25

中国版本图书馆 CIP 数据核字(2018)第 167504 号

责任编辑：谈　骁　胡　璇　　　责任校对：陈　琪
封面设计：江逸思　　　责任印制：邱　莉　王光兴

出版：长江出版传媒　长江文艺出版社
地址：武汉市雄楚大街 268 号　　邮编：430070
发行：长江文艺出版社
电话：027—87679360
http://www.cjlap.com
印刷：武汉市首壹印务有限公司

开本：880 毫米×1230 毫米　1/32　印张：5.625　插页：2 页
版次：2018 年 10 月第 1 版　　2018 年 10 月第 1 次印刷

定价：32.00 元